AF604055

STANDARD

BRYAN SMITH

VIGILIA A HAUNTED HILL

NOVELLA

ISBN: 979-12-80713-75-9
DICEMBRE 2024
COPYRIGHT (EDIZIONE) ©2024 INDEPENDENT LEGIONS PUBLISHING
COPYRIGHT (OPERA) ©2015 BRYAN SMITH
TITOLO ORIGINALE DELL' OPERA: *CHRISTMAS EVE ON HAUNTED HILL*
COLLANA NECROS CURATA DA ALESSANDRO MANZETTI
EDIZIONE STANDARD
TRADUZIONE: CRISTIANO SACCOCCIA
PROOFREADING: MIRIAM MASTROVITO

TUTTI I DIRITTI RISERVATI, INCLUSA LA RIPRODUZIONE
ANCHE PARZIALE E IN QUALSIASI FORMA

STANDARD

1

Il cielo grigio riprese a sputare neve quando Luke Herzinger condusse la sua Oldsmobile Delta 88 del 1973 nel parcheggio del Sal's Place. Davanti al locale erano parcheggiate meno di una mezza dozzina di auto, e rimanevano due posti liberi adiacenti al marciapiede. Invece di entrare in uno di quegli spazi liberi, Luke scelse di parcheggiare una fila indietro, girando l'auto in modo che fosse rivolta verso la strada anziché verso l'ingresso del bar.

Aveva le sue ragioni, e non erano poche. In primis, non voleva essere notato da qualcuno nel locale. Nessuno dei suoi vecchi amici sapeva che era tornato in città e voleva che le cose rimanessero invariate ancora per un po'. Se avesse parcheggiato di fronte al bar, avrebbe corso il rischio di essere riconosciuto prima del dovuto da un cliente abituale. Luke riteneva che le probabilità non fossero così alte, ma era meglio agire con cautela. Del resto chiunque si fosse avventurato a trascorrere la vigilia di Natale in una merdosa topaia come il Sal's Place voleva solo sedersi al bancone e scolarsi più alcolici possibili. Inoltre, era stato via così a lungo che probabilmente nessuno l'avrebbe riconosciuto. L'unico tavolo da biliardo del locale si trovava proprio accanto alla grande finestra a sinistra dell'ingresso. C'era una possibilità, seppur remota, che un paio di vecchi ubriaconi decidesse di farsi due cazzo di partitine.

E poi uno di loro avrebbe potuto sbirciare fuori e vederlo. Luke non era affatto pronto ad affrontare un'eventualità del genere. Soprattutto, non era ancora abbastanza ubriaco per farlo. Mentre fissava attraverso il parabrezza la neve spazzata dal vento e le auto che passavano, cercò di colmare quell'imperdonabile lacuna scolandosi ciò che restava del bourbon nella vecchia fiaschetta d'argento che portava con sé ovunque andasse, risaliva alla Seconda Guerra Mondiale. C'era un'ammaccatura sul fondo che, se si credeva alla storia entrata da tempo a far parte della leggenda familiare degli Herzinger, aveva deviato un proiettile nazista, salvando la vita al nonno di Luke.

Luke supponeva che la storia fosse vera. Era un dato di fatto che suo nonno aveva servito con onore sui campi di battaglia in Europa durante la Grande Guerra. Aveva visto le medaglie quando era bambino. Erano impressionanti. Fissò l'ammaccatura, per poi sfiorarla con il pollice. Era strano pensare che la sua stessa esistenza dipendesse da quel pezzo di metallo altrimenti senza valore. Se la fiaschetta non avesse deviato quel proiettile, suo padre non sarebbe stato concepito durante il boom di nascite che aveva seguito la guerra. Spesso pensava che sarebbe stato meglio così.

Si portò di nuovo la fiaschetta alla bocca, trangugiò con avidità il contenuto e assaporò le ultime gocce di bourbon da quattro soldi. Dopo essersi assicurato che la fiaschetta fosse completamente vuota, riavvitò il tappo e la infilò in una tasca interna dell'appariscente costume rosso che indossava. In un ultimo momento di incertezza, tirò un grosso respiro e scese dall'auto.

La portiera cigolò rumorosamente quando si aprì e lo fece di nuovo quando Luke la richiuse. Il suono grattava le orecchie, ma i cardini non potevano essere sistemati nemmeno con una generosa dose di lubrificante WD-40. Andava sottolineato, comunque, che non si era molto curato della Delta da quando l'aveva ereditata dal padre, dieci anni prima. Dei bastardi avrebbero osservato cinicamente che nemmeno lui era tirato a lucido, visto che se ne sbatteva altrettanto della propria salute. E forse non era del tutto sbagliato. Ma nemmeno giusto. La Delta non era il suo mezzo principale. La sua vernice era di un verde oliva che lui e i suoi amici d'infanzia avevano soprannominato verde vomito. Per lo più rimaneva nel garage dietro casa sua, a Boonesville. La portava fuori solo un paio di volte all'anno per assicurarsi che fosse ancora funzionante.

Ma quel giorno era un'occasione importante. Tornava a casa per la prima volta dopo quasi dieci anni, dopo che se n'era andato, inseguito da una nuvola claustrofobica e opprimente di tragedie e dolori mai sopiti. Ma non era l'unico motivo per cui la giornata era importante. Era abbastanza sicuro che quello sarebbe stato l'ultimo giorno della sua vita. Se avesse dovuto schiattare, almeno sarebbe stato per mano sua. Non c'era nessuna malattia terminale all'ultimo stadio all'orizzonte. Non che lui sapesse. Diamine, erano passati molti anni dall'ultima volta che era andato da un medico. Tutto era possibile. Ma a parte quella remota possibilità, il piano per il momento era quello di mettersi un fucile in bocca e farsi saltare la testa allo scoccare della mezzanotte.

Alla luce di ciò, gli era sembrato giusto prendere la Delta per un ultimo nostalgico viaggio a casa. Pensava al suicidio da molti mesi, cambiando idea anche diverse volte nel corso di una giornata. La sera prima, per esempio, le possibilità che la facesse finita erano state molto alte, tipo un buon settantacinque percento. In altre parole, molto probabile ma non una certezza assoluta.

Per quanto riguardava il motivo per cui aveva intenzione di farsi fuori entro la fine di quella nottata, beh, non era così complicato. Da un po' di tempo le cose non andavano affatto bene. Aveva problemi di soldi, avendo perso il lavoro in fabbrica sei mesi prima. Dopo tutto quel tempo non aveva ancora trovato un nuovo impiego con cui tenersi a galla. Per non parlare della sua vita sentimentale. L'unica vera relazione duratura della sua vita era finita poco più di un anno prima. Si chiamava Peggy. Dopo averlo sopportato per quasi cinque anni, si era stancata del suo stile di vita sconclusionato e privo di ambizioni e se n'era andata nel cuore della notte, mentre lui stava smaltendo l'ennesima sbronza, portando con sé quasi tutto ciò che c'era di valore in casa.

Il biglietto di addio di Peggy era stato breve, e per niente affettuoso: *Vaffanculo, Lucas, sfigato del cazzo!*

C'era poco da interpretare. La situazione era irrecuperabile. Luke non si era nemmeno preoccupato di rintracciarla o di farle cambiare idea. Anzi, credeva che Peggy non avesse tutti i torti nel reagire in quel modo. Certo le piaceva ancora e le mancava un casino, ma sapeva che lei sarebbe stata meglio praticamente con chiunque altro.

Molte persone avrebbero compreso i motivi per cui voleva suicidarsi. Motivi comprensibili, non accettabili. C'era una grande differenza. Sapeva bene che la maggior parte della gente non vedeva di buon occhio le persone che si suicidavano, ma di solito riuscivano a farsene una ragione quando chi lo faceva soffriva di qualche difficoltà.

Eppure, tutto ciò non era il vero motivo per cui aveva perso la voglia di vivere. Quelle erano soltanto altre sfighe che lo avevano spinto oltre ogni limite. No, tutto si riconduceva a ciò che suo padre aveva fatto in quella notte di dieci anni prima. Non l'aveva mai superato, nemmeno lontanamente, e la tristezza che si portava dietro non se ne era mai andata, inquinando tutto il resto della sua vita.

Era semplicemente stanco.

E non riusciva a pensare a un mezzo più efficace per dissipare quella cazzo di nuvola grigia di tristezza sempre presente, se non con un colpo di fucile alla testa.

Luke barcollò verso l'ingresso del bar e per poco non scivolò a terra. Fece ruotare le braccia in aria e si rimise in equilibrio. Nonostante fosse stato cosparso di sale, il parcheggio era ancora scivoloso a causa della recente nevicata. E ora stava scendendo altra neve, maledetto tempaccio. Anche se, a dirla tutta, sicuramente aveva perso l'equilibrio per quell'intruglio scadente che si era appena scolato. Era mezzo sbronzo, ma aveva tutta l'intenzione di essere completamente ubriaco nel giro di qualche ora, quando finalmente sarebbe uscito dal Sal.

Questo era l'altro grande motivo per cui aveva parcheggiato in quel modo. Con la Delta rivolta verso la strada e lontano dagli altri veicoli, non avrebbe dovuto preoccuparsi di guidare come un cazzone mentre provava a uscire dal parcheggio come un pirata della strada. Non voleva fare un incidente e finire in prigione per guida in stato di ebbrezza nell'ultima notte della sua merdosa esistenza.

Una volta sicuro di essere a posto, Luke fece un altro bel respiro e si avviò verso il Sal's Place.

2

Il tavolo da biliardo vicino alla finestra non era in uso e Luke si chiese da quanto tempo nessuno prendesse una delle vecchie stecche dalla rastrelliera sulla parete. Probabilmente da un bel po'. Altrettanto si poteva dire del bersaglio per le freccette, nella medesima area deserta del locale. Nessuno sembrava interessato ai giochi, almeno non più. Le cose erano diverse una volta, quando la clientela del Sal era più giovane e amava godersi la vita.

Come previsto, la maggior parte dei pochi avventori del locale alla vigilia di Natale era seduta al bancone del bar e non alla sfilza di tavoli al centro della sala principale. L'unica eccezione era un vecchio bevitore dai capelli argentati al tavolo più vicino al bancone. Il vecchio era accasciato sul tavolino, svenuto, con la mano destra stretta attorno a un bicchiere di whisky praticamente vuoto.

Nessuno degli uomini al bancone si girò sullo sgabello per accogliere con uno sguardo l'arrivo di Luke. Era possibile che non avessero sentito la porta aprirsi. Non c'era nessun scampanellio a segnalare l'arrivo di un nuovo cliente. Inoltre, il jukebox in un angolo stava riproducendo una cupa melodia di Hank Williams, quindi, forse erano tutti troppo concentrati sul testo della canzone *Hard Luck* per fare caso a qualcos'altro. O forse lo avevano sentito entrare e non gliene fregava un cazzo. Probabilmente era così, a nessuno fregava un cazzo di nessuno in quella catapecchia marcia.

Continuarono a ignoralo anche quando Luke attraversò la sala principale e si sedette su uno sgabello in fondo al bancone, vicino al jukebox. Nessuno lo guardò, nemmeno il barista, la cui attenzione era rivolta a un vecchio romanzo pulp in edizione tascabile. Il volumetto sembrava assurdamente piccolo nella sua carnosa mano destra, le pagine ingiallite aperte da un pollice che premeva con forza sul dorso screpolato. La copertina sgargiante mostrava la tipica femme fatale. Stringeva una pistola e sembrava che si sforzasse di non perdere i vestiti.

Luke si schiarì la gola e alzò la voce sopra il volume della musica, che era passata da Hank Williams a Waylon Jennings. «Nottataccia, eh?»

Il barista non lo degnò di uno sguardo e continuò a leggere il suo buon vecchio pulp. Proprio quando Luke stava per spazientirsi, alzò lo sguardo, posò il libro sul bancone e gli si avvicinò.

Era alto, con le spalle larghe, i capelli a spazzola e una pancia rotonda che tendeva il tessuto della camicia di flanella. La sua faccia rossiccia e il naso rigonfio facevano pensare che gli piacesse bere tanto quanto a tutti i suoi clienti. Dette una lenta occhiata a Luke e grugnì, un angolo della bocca si contrasse brevemente in quello che avrebbe potuto essere un sorriso stizzito. «Beh, accidenti a me, che bella sorpresa. È venuto a trovarmi Babbo Natale. Che cosa bevi, Babbo Natale?»

«Un doppio bourbon con ghiaccio, tanto per cominciare. Dammi una birra per accompagnarlo.»

Il barista sollevò un sopracciglio. «Hai intenzione di ubriacarti?»

«Sì»

«Bene, allora. Che birra vuoi?»

«Pabst Blue Ribbon.»

«In arrivo.»

Il barista aprì una borsa frigo sotto il bancone e tirò fuori una bottiglia di Pabst a collo lungo. Dopo aver tolto il tappo e averla appoggiata di fronte a Luke, si prodigò a preparargli il drink.

Luke prese la bottiglia di Pabst e ne bevve un primo lungo sorso, sospirando e rabbrividendo di piacere mentre la bevanda ghiacciata scendeva giù per la gola. Bevendo un altro sorso, vide che gli ubriaconi seduti all'altro capo del bancone si erano finalmente accorti di lui. Uno di loro era un uomo grasso sulla quarantina. Era senza dubbio la persona più giovane del locale in quella gelida serata, a eccezione di Luke. Il suo viso era rotondo e flaccido e aveva dei folti baffi che lo facevano assomigliare a una pornostar degli anni '70. Solo che era grasso. Fottutamente grasso.

Sorrise mentre guardava Luke e disse: «Meglio non ubriacarsi troppo, mio buon vecchio Babbo Natale. Dopo tutto, ti aspetta una lunga notte di lavoro.»

Il signore molto più anziano alla destra del ciccione ridacchiò. «Devo assicurarmi che tu sia in grado di guidare la tua slitta. Non voglio mica essere investito da una cazzo di slitta volante.» Sorrise ancora più forte. «Hai capito?»

Luke bevve un altro grosso sorso di Pabst. «Certo, come no» disse, sorridendo con accondiscendenza.

Non gli dava fastidio essere preso per il culo. Non si poteva entrare in un bar la vigilia di Natale vestiti da Babbo Natale senza aspettarsi di sentire commenti del genere, a meno che non si fosse dei perfetti idioti. E sebbene Luke pensasse che una vasta gamma di aggettivi poco lusinghieri potesse essere usata con precisione per descriverlo, idiota non era tra questi. Nella sua vita aveva fatto un certo numero di scelte sbagliate, ma in realtà non era stupido. I suoi voti a scuola erano stati mediocri, ma ciò non era dovuto a mancanza di intelligenza. Era un problema di concentrazione. I suoi punteggi nei test di valutazione annuali erano sempre stati ben al di sopra della media, abbastanza buoni per entrare in un'università di tutto rispetto. Naturalmente, alla fine era stato bocciato all'università, ma solo a causa del suo deficit di attenzione.

Luke era un ragazzo brillante. Ne era ben consapevole.

Il problema era che non gliene fregava un cazzo di niente. Non da quella gelida vigilia di Natale di dieci anni prima.

Il barista posò il whisky sul bancone. «Paghi subito o metto in conto?»

Luke tirò fuori il portafoglio, estrasse due banconote da venti sgualcite e gliele porse. «Fammi sapere quando finiscono.» Batté la bottiglia di Pabst ormai vuota sul tavolino del bar. «Oh, e portami un'altra di queste.»

Il barista sorrise. «Per la prima ci hai messo quanto, tre minuti? Quattro al massimo?» Scosse la testa. «Se continui di questo passo, quei quaranta dollari non ti dureranno a lungo.»

«Ce ne sono molti altri, non ti preoccupare.»

Era vero. Il portafoglio di Luke era pieno di contanti. Per il suo ultimo viaggio verso casa, aveva prosciugato la maggior parte dei fondi rimanenti dal suo conto corrente. Il conto ormai ammontava a una somma a due cifre. Era completamente al verde, e se avesse deciso di non suicidarsi avrebbe avuto un sacco di rogne.

Il barista annuì. «Tutto quello che mi serve sapere.»

Luke sorrise dopo aver bevuto un sorso di whisky doppio. «Come ti chiami, barista? Sono passati molti anni dall'ultima volta che il mio bel faccino è entrato in questo locale raffinato e non mi ricordo di te.»

«Stu Lombardi» disse lui, prendendo una bottiglia fresca di Pabst dalla borsa frigo sotto il bancone. Tolse il tappo, lo gettò in un cestino dei rifiuti e la mise davanti a Luke. «Nessuna parentela con il leggendario allenatore di football, eh, prima che tu lo chieda.»

«Luke Herzinger.»

«Piacere di conoscerti, Luke.»

«Anche per me.» Buttò giù un sorso di whisky e lo accompagnò con un po' di Pabst. Non era ancora entrato nel vivo della sua ultima sbronza, ma già un bruciante torpore di euforia si stava diffondendo nel suo corpo. Sperava soltanto di rimanere abbastanza sobrio da riuscire a raggiungere la vecchia casa sulla collina a mezzanotte. E una volta arrivato lassù, avrebbe potuto bere il suo ultimo drink e puntarsi il fucile sotto il mento. Forse. «Gestisci tu il locale adesso, Stu?»

L'uomo annuì. «L'ho rilevato da Sal Jr., che è mio padre, qualche anno fa. Te lo ricordi?»

Luke ricordava che il padre di Stu lo aveva picchiato a sangue una notte di molti anni prima. Il ricordo era confuso, come del resto molti altri, ma a scatenare la rissa era stato il reclamo di una cliente che lo aveva accusato di averle rubato dei soldi dalla borsetta. Quel dettaglio lo ricordava. Ricordava pure di non aver avuto nessuna colpa. Quel ricordo risiedeva da qualche parte nei recessi più intossicati dall'alcol del suo cervello. In ogni caso, aveva reagito alle accuse in modo tutt'altro che pacato. Anche quei dettagli erano un po' confusi, ma credeva di aver usato ripetutamente un termine dispregiativo che faceva rima con “banana” per riferirsi alla sua accusatrice. E ovviamente la situazione era degenerata. Erano volati pugni. Erano state lanciate bottiglie. Qualcuno lo aveva colpito alla schiena con una sedia. Il tutto era culminato con Sal che lo aveva trascinato fuori e lo aveva colpito con un forte pugno alla mascella.

Decidendo di tenere per sé quella storiella del passato, Luke fece spallucce. «Penso di sì. Come ho detto, è passato un po' di tempo.»

Gli occhi di Stu si restrinsero un po' e rimase in silenzio per un attimo, mentre sembrava studiare Luke più da vicino. «Hai detto che fai Herzinger di cognome?»

Luke bevve la Pabst e si pulì la bocca. «Sì.»

Stu aggrottò le sopracciglia e si grattò il mento ispido. «Non mi è nuovo questo cognome.»

La mano di Luke si spostò sul bicchiere di whisky. Lo scolò e sbatté il bicchiere vuoto sul bancone. «Davvero interessante. Un altro giro, per favore.»

Stu tolse il bicchiere e lo posò nel lavandino in fondo al bancone. Mentre il barista preparava un doppio whisky fresco per Luke, il tizio grasso con i baffi picchiò le nocche sul bancone. «Herzinger. Lo conosco anch'io quel cognome. Oh, aspetta. Herzinger come...»

Il viso roseo del grassone impallidì leggermente e la sua bocca si spalancò.

Luke sospirò. «Già.»

Il grassone scosse la testa. «Porca puttana. Sei tu quello il cui padre...»

«Esatto» disse Luke, interrompendolo. «Preferisco non parlarne, se non ti dispiace.»

Il secondo doppio whisky si palesò davanti a lui. Lo prese e ne bevve metà in un sol colpo. Espirando pesantemente, posò il bicchiere e chiuse gli occhi, aspettando di vedere se il grassone avrebbe insistito. Non fu sorpreso quando l'uomo abbandonò la conversazione. Da quelle parti non era gradito ficcare il naso negli affari privati di un uomo. Se qualcuno ti diceva che non voleva parlare di una cosa, lo lasciavi dannatamente in pace.

Al jukebox, una canzone di Buck Owens lasciò il posto a *Lively Up Yourself* di Bob Marley.

Luke aprì gli occhi.

La sua testa si girò lentamente in direzione del jukebox. Lo fissò per un lungo momento. Lo sguardo si spostò di nuovo sul barista, che aveva appena preso il suo vecchio tascabile pulp e stava per riprendere la lettura quando si accorse che lui lo stava fissando e gli lanciò un'occhiata.

«Hai già bisogno di un altro bicchiere?»

Luke scosse la testa. «Presto, probabilmente. Ma per il momento sono molto più curioso della canzone appena partita.»

Stu si accigliò. «Come? Hai qualcosa contro Bob Marley?»

Luke bevve un sorso di Pabst prima di rispondere. «Niente affatto. Sono un grande fan.» In realtà, conosceva solo di sfuggita le canzoni più famose del defunto cantante reggae. Pensava che non fossero male, anche se il genere non faceva per lui. «È solo che sono abbastanza sicuro di non aver mai sentito del reggae sul juke qui in passato.»

Stu scrollò le spalle. «Ho apportato alcune piccole modifiche alle canzoni quando ho preso in gestione il locale. Ogni tanto si sente anche un po' di Grateful Dead e di rock classico.»

Il vecchio alla destra del grassone disse: «E grazie al cazzo. Il rock and roll attira le pollastrelle.»

Luke si accigliò.

Diede un'occhiata al locale. Non c'erano donne.

Guardò il vecchio. L'uomo era ben al di sopra dei settant'anni, Luke ne era abbastanza sicuro. La parte superiore della testa era lucida e calva. I capelli rimasti erano radi e bianchi come la neve. Le sue mani rugose erano punteggiate di macchioline. Se il vecchiaccio fosse riuscito davvero a rimorchiare delle "pollastrelle", Luke avrebbe dovuto considerarlo come la conferma definitiva che l'universo era proprio andato a puttane.

«Allora, dove sono tutte queste ragazze stasera?»

Il vecchio sbuffò. «Diavolo, figliolo. È la vigilia di Natale. Sono tutte a casa con i loro amici o in visita alla famiglia.»

Il grassone annuì. «Stasera ci siamo solo noi ubriaconi. Gli alcolizzati per antonomasia.»

Il vecchio levò in alto il bicchiere per brindare. «All'alcolismo!»

Il grassone fece tintinnare la sua bottiglia di birra contro il bicchiere di whisky del vecchio. «All'alcolismo!»

All'estremità del bancone c'erano altri due signori anziani dai capelli grigi. Entrambi alzarono i bicchieri e risposero al brindisi, anche se un po' meno calorosamente del grassone e del vecchio.

Ma che diavolo? pensò Luke.

Alzò il suo doppio whisky e disse: «All'alcolismo!»

Si scolò il bicchiere e lo sbatté sul bancone.

Stu inarcò un sopracciglio. «Vuoi un altro giro?»

«Assolutamente sì.»

Luke sorseggiò la sua Pabst mentre aspettava che arrivasse la prossima dose. Ascoltò il ciccione e il vecchio che si lasciavano andare a un po' di chiacchiere sul mondo dello sport. Avevano opinioni diverse su come si stava delineando il quadro dei playoff della NFL. Anni prima, Luke avrebbe potuto avere anche lui un'opinione ragionevolmente fondata sull'argomento. Come per molte altre cose, però, da tempo aveva smesso di fregarsene.

Dopo un po', si accorse che la porta d'ingresso del bar si stava aprendo di nuovo. Una folata di vento freddo entrò nel locale, facendolo rabbrividire. Ma, invece di guardare verso la porta per accogliere il nuovo arrivato, rimase seduto, imitando in silenzio lo stoicismo indifferente dei clienti abituali. Nell'istante successivo, l'afflusso di aria fredda fu interrotto quando la porta venne chiusa.

Il rumore degli stivali che calpestavano il pavimento di legno lo incuriosì per qualche ragione.

Un altro doppio whisky apparve davanti a Luke. Prese il bicchiere e lo portò alla bocca. Prima che potesse rovesciare la testa all'indietro per deglutire, sentì qualcosa di duro battere contro la sua nuca.

«Metti giù il whisky e tira fuori il portafoglio, succhiacazzi» gli disse una voce burbera. «Questa è una rapina.»

Luke abbassò lentamente il bicchiere sul bancone.

Fece un bel respiro.

Poi si girò sullo sgabello facendo vibrare un pugno.

3

Era già buio quando la Ford Explorer giunse in cima a Haunted Hill e si arrestò accanto al portico della vecchia casa degli Herzinger. La neve stava scendendo più forte e la salita per la stradina tortuosa e piena di buche era stata inaspettatamente insidiosa. Secondo i bollettini meteorologici di inizio giornata, una nevicata più intensa sarebbe iniziata solo in serata, forse addirittura alle prime ore del mattino. Ma le previsioni si erano sbagliate, perché la neve stava scendendo così fitta da ridurre la visibilità quasi a zero.

Durante la salita, gli pneumatici dell'Explorer persero trazione e slittarono più volte sul tratto di asfalto in rovina, suscitando urla e grida di allarme da parte di tutti gli occupanti, tranne il conducente. Seduta sul sedile anteriore del passeggero, Simone Barclay urlò almeno quanto tutti i suoi amici, forse anche di più. La sua posizione le consentiva di avere una visuale decisamente migliore della situazione che si stava aggravando all'esterno rispetto a quella dei passeggeri seduti dietro. Vide, per esempio, quanto la parte anteriore dell'Explorer fosse vicina a scivolare fuori dal bordo della strada. Se ciò fosse accaduto, il veicolo sarebbe precipitato lungo un pendio ripido, ferendo o ammazzando tutti. Non accadde, ma ci andò molto vicino. Essere andata così vicino alla morte in quella mezza catastrofe la fece urlare come non mai.

Spence Chandler, il suo ragazzo, stava guidando e continuava a gridarle di chiudere quella cazzo di boccaccia. In qualsiasi altra circostanza, Simone lo avrebbe preso a schiaffi per averle parlato in quel modo, ma era troppo terrorizzata per fare qualsiasi altra cosa, se non tenere le mani contro il cruscotto e pregare che arrivassero sani e salvi in cima alla collina. Era quasi in preda al panico quando il terreno sotto di loro finalmente smise di essere accidentato, permettendo al SUV di percorrere il resto del tragitto fino alla vecchia casa abbandonata in modo relativamente tranquillo.

Dopo che Spence ebbe accostato al portico e parcheggiato, Simone sospirò di sollievo e si sistemò sul sedile. «Forse dovremmo tornare indietro.»

Lui aggrottò le sopracciglia. «Dopo tutta questa fatica? Mi prendi per il culo?»

Lo sguardo di Simone era fisso sulla linea scura di alberi ai margini della proprietà abbandonata. I rami e i tronchi erano appena visibili attraverso le raffiche di neve, più simili a sfumature d'ombra. Quelle forme di tenebre e ombre danzavano nel vento impetuoso, erano davvero inquietanti. Nella sua immaginazione, non erano affatto alberi. Erano piuttosto dei mostri che spuntavano dal bosco. Presto le creature si sarebbero avvicinate al SUV e avrebbero massacrato tutti loro. Potevano essere dei Bigfoot. Forse lupi mannari. O qualcos'altro di grande e spaventoso. Ma era soltanto il vento che soffiava con forza tra i rami. Simone lo sapeva, anche se quella consapevolezza non rendeva l'idea meno inquietante.

Girò lentamente la testa e lanciò a Spence un'occhiata di sfida. «Non ti sto prendendo per il culo. Sì, ci hai portato quassù. Ottimo lavoro. Ma visto questo tempo del cazzo potremmo rimanere intrappolati qui se ci restiamo troppo a lungo. Quindi, dovremmo andarcene. Inoltre, se ti rivolgi di nuovo a me in modo così brusco, dovrai iniziare a cercarti una nuova ragazza.»

«Ha ragione» disse Terry Cooper, alzandosi dal retro del veicolo. C'erano due file di sedili posteriori. Terry era tutto solo in fondo. «Ho appena controllato le previsioni appena aggiornate sul mio telefono. Dice che il maltempo continuerà per diverse ore. Dovremmo tornare indietro finché siamo in tempo.»

Karen Hogan, che era nel sedile centrale con il suo fidanzato, Bradley Shaw, emise un sospiro esasperato. «Siete una coppia di allarmisti cagasotto. Voglio essere qui a mezzanotte e vedere il fantasma del vecchio Herzinger. Ne abbiamo parlato per settimane. Mi incazzerei di brutto se fossimo arrivati fin qui solo per poi tornare subito a casa.»

Simone sgranò gli occhi. Le urla di paura di Karen durante il viaggio erano state altrettanto forti. Slacciandosi la cintura di sicurezza, si girò per fulminare con lo sguardo l'altra ragazza attraverso lo spazio tra i sedili anteriori. Lei e Karen erano amiche fin dalle elementari. Ultimamente, però, aveva preso sempre più l'abitudine di esprimere opinioni in diretta opposizione a quelle di Simone su qualsiasi cosa. Simone non sapeva bene come prenderla, ma quell'atteggiamento passivo aggressivo la mandava fuori dai gangheri.

Ne aveva abbastanza.

«Ehi, lo capisco, Karen. Lo capisco davvero. Sei una ragazza tosta. Molto più in gamba di me. Io sono soltanto una fifona pazzesca. Lo ammetto. Tutto questo non cambia il fatto che rimanere su questa collina nel bel mezzo di una dannata bufera di neve è proprio una stronzata colossale.»

I lineamenti di Karen si rabbuiarono e la ragazza esibì uno sguardo incredulo e saturo di disprezzo. «Che cazzo di problema hai?»

Simone ricambiò con un sorriso glaciale. «Dimmelo tu. Onestamente, mi interessa di più sapere qual è il *tuo* problema, visto che ovviamente ne hai uno con me.»

Bradley scosse la testa. «Ragazze, ragazze. Non possiamo andare tutti d'accordo?»

Karen lo zittì e lanciò un'occhiata a Simone. «Deve essere la tua coscienza a parlare, stronza. Non so di che stai parlando, ma ovviamente ti senti in colpa per *qualcosa*.»

Simone strinse i denti e inspirò con le narici. Era inevitabile una lite con Karen da un po' di tempo ma questo non era esattamente il momento ideale. Non aveva la minima idea di cosa le stesse succedendo, se non che evidentemente credeva che lei l'avesse offesa o tradita in qualche modo misterioso. Ma qualunque cosa fosse non aveva importanza al momento, perché Simone era ormai certa che fossero sull'orlo di una vera e propria crisi. Doveva in qualche modo disinnescare quel conflitto per il bene di tutti.

Allentò i denti ed espirò. «Mi dispiace se ho fatto qualcosa che ti ha offeso. Davvero. Ma...»

«*Basta*!»

Simone trasalì alle urla del suo ragazzo. Gli lanciò un'occhiata e lo vide spegnere il motore del SUV e prendere le chiavi. «Cosa stai facendo?»

Spence agitò le chiavi. «Voi due potete discutere fino allo sfinimento, ma nessuno va da nessuna parte senza queste.» Sogghignò. «Rimarremo fino a mezzanotte, come avevamo deciso, porca di quella puttana.»

Prima che Simone potesse pensare a una risposta, lui aprì la portiera, uscì tra gli ululati del vento e la chiuse con una botta secca.

Karen ridacchiò. «Ti ha messo i piedi in testa, eh? Adoro quando un uomo mostra a una stronza piagnucolosa chi porta i pantaloni in una relazione.» Con una gomitata colpì Bradley alle costole. «Scendi, porco mondo. E prendi la birra.»

Bradley prese una cassa di lattine di Budweiser dal pianale, aprì la portiera alla sua sinistra e scese dal SUV. Ancora una volta, un vento gelido soffiò all'interno del veicolo, spazzando via ogni scintilla di calore. Karen non perse tempo a seguirlo nel vento e nella neve. Ma prima tornò dentro per un attimo e mandò a fanculo Simone con il dito medio prima di sbattere la portiera.

Trascorse un momento di silenzio.

Terry Cooper si schiarì la gola. «Allora... è stato imbarazzante.»

Simone sospirò. «Già.»

«Quale pensi sia il suo problema?»

«Non lo so. Non lo so davvero.»

Calò di nuovo il silenzio.

Simone girò la testa e vide gli altri salire i gradini che portavano al lungo portico d'ingresso. Guardò Spence che tentava di aprire la porta e la trovava chiusa. Bradley tentò la fortuna con una delle finestre, ma era chiaro che il piano era destinato a fallire. Le finestre erano state inchiodate (o erano semplicemente congelate nei telai) ed erano sbarrate dall'interno. Dopo aver tirato a fatica una delle maniglie, ci rinunciò e scambiò due parole con Spence, che non riuscì a sentire per colpa del vento.

Lui agitò una mano in segno di disprezzo e si allontanò da Bradley per tornare davanti alla porta. Simone capì dai suoi movimenti cosa stava per succedere. Sperò che la porta si dimostrasse un osso duro come le finestre. Forse allora quegli stronzi si sarebbero arresi e avrebbero finalmente capito che era meglio lasciar perdere e tornarsene a casa. La porta non cedette al primo calcio di Spence, ma il cuore di Simone accelerò quando vide che il legno si era incrinato.

Il secondo calcio fu quello decisivo. La porta si aprì, e dentro c'era un'oscurità senza fine. Scorgere quel buco nero la fece rabbrividire. Visto quello che era successo tanti anni prima, le sembrava di sbirciare nell'angolo più buio e dannato dell'inferno. Si sentiva come un ghoul. Quando Spence aveva suggerito per la prima volta di visitare il luogo del massacro della famiglia Herzinger, la notte del decimo anniversario di quell'orrenda mattanza, aveva pensato che si trattasse di un gioco divertente ed eccitante.

Ma in quel momento realizzò che non c'era niente per cui essere entusiasta.

Spence puntò una torcia elettrica verso le tenebre e rimase per un attimo fuori dalla porta, mentre faceva scorrere il fascio di luce all'interno della casa maledetta. Dopo qualche istante, lanciò un'occhiata a Bradley e Karen, poi con un cenno della testa li invitò a seguirlo dentro la casa. Spence attraversò la porta e venne risucchiato dal buio. Karen era subito dietro di lui. Bradley prese la cassa di birra da dove l'aveva posata sul portico e li seguì all'interno.

Terry Cooper decise di spostarsi verso la fila centrale dei sedili, tra le mani un sacchetto di plastica bianco in cui custodiva una confezione da sei della sua birra preferita, una specialità per fighetti viziati. Si sistemò e posò la birra sul pianale dell'automobile.

Sospirò e rivolse a Simone un'espressione dolente e disperata. «Credo che a Karen piaccia Spence.»

Simone aggrottò le sopracciglia. «Davvero?»

«Sì.»

Lo disse con un tono di voce che mascherava una finta tristezza, almeno così sembrò a Simone. Sapeva che Terry era completamente cotto di lei. In effetti, sin dai tempi delle medie cadeva ai suoi piedi. Ora erano all'ultimo anno di liceo. Realizzò che non era una banalissima cottarella, c'era la possibilità che fosse davvero innamorato. Forse sperava che lei si arrabbiasse a tal punto con Spence da mollarlo, per poi cercare conforto tra le braccia di un bravo ragazzo come lui.

Poveretto, pensò. *Sciocco, triste ragazzino.*

A Simone piaceva Terry, ma in modo puramente platonico. L'affetto che provava per lui era l'unico motivo per cui gli altri gli permettevano di partecipare a uscite come quella. Altrimenti non avrebbero avuto nulla a che spartire con lui. Era un ragazzo dolce, ma non era abbastanza attraente per lei. Quel pensiero la fece sentire un po' superficiale e in imbarazzo, ma non cambiava in alcun modo i suoi sentimenti.

Ma forse Terry non si sbagliava su Karen. Ecco perché la loro amicizia stava andando a rotoli. Forse Karen si comportava da stronza e faceva tutte quelle polemiche solo per mettere zizzania tra Simone e il suo ragazzo. Beh, stava funzionando. E la stronza traditrice era in quella casa con Spence proprio adesso, mentre lei stava tremando là fuori nel SUV con il povero, illuso Terry.

Respirò a pieni polmoni. «Fanculo. Entriamo.»

Terry si accigliò. «So che non vuoi. Potremmo restare qui fuori in macchina finché quegli idioti non si stancano di scopare in quella baracca abbandonata.»

È la parte dello scopare che mi preoccupa, pensò Simone.

Sì, era altamente improbabile che Spence e Karen finissero a scopare lì dentro quella sera. Bradley avrebbe sicuramente avuto qualche strenua obiezione al riguardo, dopo tutto. Ma anche il solo accenno a quell'eventualità scatenò la paranoia di Simone. Probabilmente un giorno, in un futuro non troppo lontano, *avrebbe* rotto con Spence, ma sarebbe successo quando l'avrebbe voluto lei e alle *sue* condizioni, dannazione.

Simone scosse la testa. «Io vado. Ti prego, vieni con me. Credo che avrò bisogno di qualcuno al mio fianco lì dentro.» Sfoderò il suo sorriso più dolce e struggente e ripeté l'implorazione. «Per favore? Mi accompagni?»

Terry sospirò in segno di resa. «Va bene. Va bene. Vorrei solo che le mie obiezioni fossero debitamente annotate.»

«Ho annotato tutto, tranquillo. Andiamo.»

Simone aprì la portiera e uscì, il vento freddo le colpì il viso come uno schiaffo di una mano di ghiaccio.

4

Il pugno di Luke si infranse contro l'aria, mentre l'uomo che voleva derubarlo del suo portafogli si mise a saltellare all'indietro, sorridendo mentre evitava per un soffio di essere colpito dal gancio. Alzandosi dallo sgabello, Luke ritrasse il pugno per sferrare un secondo colpo. A quel punto riconobbe finalmente il nuovo arrivato.

Il volto era più rossiccio e un po' più brizzolato in generale di quanto ricordasse, ma era ancora riconoscibile come quello di Greg Lancaster. Greg era stato uno dei suoi migliori amici da bambino, ma si erano persi di vista durante il lungo periodo di esilio di Luke dalla sua città natia.

La "pistola" che gli aveva premuto sulla nuca era in realtà il manico di un coltellino. Sempre sorridendo, infilò il coltello in una tasca interna della giacca di pelle. «Dovresti vedere la tua faccia, fratello» disse ridacchiando. «Hai la stessa espressione di quella volta che, al liceo, Vivian Sloan si avvicinò a te in mensa durante il pranzo, si abbassò quel top viola attillato e ti mostrò le tette. Sembri proprio rincoglionito.»

Luke sorrise. «L'ha fatto per scommessa.»

Greg annuì. «Esatto. I suoi amici avevano scommesso venti dollari che non l'avrebbe fatto. Tu sei rimasto lì a bocca aperta mentre lei ti chiedeva se avevi visto qualcosa che ti piaceva. Poi sei rimasto in silenzio come un cretino e lei ha aggiunto 'immagino di no', si è tirata su la maglietta e se n'è andata.»

«Voi ragazzi mi avete preso per il culo a non finire per 'sta storia.»

Luke rise. «Te lo meritavi.»

«Ma alla fine me la sono sbattuta per bene a un party qualche settimana dopo, quindi non ero del tutto un caso perso.»

«È vero, fratello. Proprio così. Accidenti, è bello rivederti, amico.»

Si abbracciarono come due fratelli e poi Greg prese posto accanto a lui al bancone. Mentre Luke si risistemava sullo sgabello, fece cenno a Stu di avvicinarsi con un dito alzato. «Un bicchierino per il mio amico, qualsiasi cosa voglia. Il primo giro lo offro io.»

Greg diede un'occhiata alla bottiglia di Pabst e al bicchiere di whisky già davanti a Luke, sollevando un sopracciglio e dicendo: «Sembra che tecnicamente non sia il primo giro, almeno per te.»

Luke alzò le spalle e prese il bicchiere di whisky. «È vero, ma sono ancora in forma, tranquillo. Ho ancora un po' di strada da fare prima di perdere completamente la testa e ubriacarmi di brutto.»

«Ed è questo il tuo vero obiettivo stasera? Perdere completamente la testa?» Lanciò un'occhiata a Stu. «Prendo un doppio bourbon, senza ghiaccio.»

Stu prese un bicchiere nuovo da sotto il bancone e una bottiglia.

Luke sorseggiò il whisky e annuì. «L'obiettivo è sicuramente perdere del tutto la ragione, eh sì.»

Il sorriso si affievolì un po' quando si rese conto di quanto fossero vere quelle parole sotto ogni punto di vista. Ma tenne il pensiero per sé. Non poteva certo dire al suo vecchio amico che intendeva uccidersi pochi istanti dopo averlo rivisto per la prima volta dopo anni.

E si rese conto di un'altra cosa mentre bevevano insieme e ridevano dei vecchi tempi. Mettendo da parte tutto il resto, il vero motivo per cui il suicidio era diventato un'idea così allettante si riduceva al vuoto assoluto della sua esistenza. Non aveva niente e nessuno nella sua vita che contasse. La sua famiglia non c'era più, tranne alcuni parenti lontani che conosceva a malapena. Le amicizie strette che aveva instaurato con una manciata di persone speciali nella sua città natale erano terminate negli anni dopo la sua scomparsa. Alcuni di questi amici, tra cui Greg, inizialmente si erano sforzati di mantenere i rapporti, ma la sua totale incapacità di rispondere alle loro lettere e telefonate aveva posto fine a ogni legame. Era diventato un uomo senza interazioni sociali, un eremita senza nulla per cui vivere.

Ma forse non era proprio così. Forse quelle vecchie amicizie non erano davvero morte. Forse erano solo in uno stato di quiescenza. Aveva pensato che tutti i vecchi compagni non volessero più avere a che fare con lui dopo gli anni che aveva passato a ignorarli, ma forse si trattava di una falsa impressione. Magari, come Greg, gli altri lo avrebbero riaccolto senza problemi se gliene fosse stata data la possibilità.

Sarebbe stato bello crederlo, comunque. Nei suoi rari momenti di vera lucidità autocosciente, capiva che c'era una parte della sua psiche programmata per autodistruggersi. In quegli stessi momenti, si rendeva anche conto che si trattava di un risultato diretto e scontato dell'orrendo trauma che aveva subito in quella notte di dieci anni prima. Era l'unico sopravvissuto al Massacro della Famiglia Herzinger e non aveva mai smesso di ritenersi colpevole, anche se era una vittima. Il senso di colpa lo divorava costantemente e gli rendeva impossibile vivere una vita normale. Lo spingeva a punirsi in un'infinità di modi. Decidere di suicidarsi era solo il culmine di una serie infinita di scelte del cazzo.

Ma in quel momento non aveva molta voglia di puntarsi il fucile sotto il mento e premere il grilletto. Al momento, infatti, era praticamente l'ultima cosa che voleva fare. Era sorprendente quanto si sentisse meglio. E tutto dipendeva da un incontro casuale con il suo vecchio amico.

Ammesso che si *trattasse* davvero di un incontro casuale. Una parte di lui si sentiva come se un angelo avesse vegliato alle sue spalle e avesse mandato Greg a salvarlo. Luke non aveva alcun tipo di convinzione religiosa. Non aveva mai creduto in niente, inoltre la mattanza a cui aveva assistito in quella lontana vigilia di Natale lo aveva convinto del tutto che Dio non esisteva. Ne era ancora abbastanza sicuro, ma quella storia di Greg gli aveva fatto venire qualche dubbio, doveva ammetterlo. In ogni caso, era grato di rivedere il suo vecchio amico.

L'argomento dell'abbigliamento di Luke fu evitato per la prima mezz'ora della loro riunione in preda all'alcol

In quell'arco di tempo, entrambi ignorarono il fatto che Luke aveva quegli abiti rossi, ma poi l'alcol prese il sopravvento e cancellò ogni traccia di educazione, probabilmente l'amico all'inizio non voleva essere troppo invadente. Greg si scolò le ultime gocce del suo terzo bourbon e sbatté il bicchiere sul bancone. Dopo aver fatto segno a Stu di riempirlo di nuovo, lanciò a Luke un'occhiata strana e disse: «Allora, perché quel costume da Babbo Natale? Immagino che tu sappia quanto sia assurdo che tu indossi quell'affare.»

Luke annuì. «Lo so, sì.»

Prese la bottiglia di Pabst mezza vuota e guardò l'etichetta senza bere. Desideroso di rallentare il suo piano di sbronzarsi completamente, visto l'arrivo di Greg, era passato a bere esclusivamente birra. La birra era buona. Lo era sempre. Ma gli mancava il dolce bruciore del whisky e si consolò con la certezza che sarebbe stato reintrodotto nella sua dieta liquida prima della fine della serata.

Sorseggiò la Pabst e fissò con desiderio le scintillanti bottiglie di liquore dietro il bancone.

Greg grugnì. «Ok, allora. Ti va di spiegare che cazzo di problema c'è?»

Luke fissò in silenzio le bottiglie ancora per un momento, ma ora non stava pensando a quanto desiderasse ciò che contenevano. Invece, stava riflettendo di nuovo su quanto fosse improbabile che Greg si presentasse da Sal in quel preciso momento, in quella notte tra tutte le notti del tempo e del mondo.

Doveva significare *qualcosa.*

Non era così?

Beh, forse sì, o forse non significava un bel niente. Chi diavolo avrebbe potuto saperlo? Forse Greg si fermava da quelle parti *ogni* sera. Ma Luke decise che non aveva importanza. Ciò che importava era che non si aspettava di vedere mai più nessuno a cui tenesse davvero. Si aspettava di andare incontro alla sua morte quella sera, e di morire in solitudine, non avendo una ragione per cui vivere. Ma non era così. Che fosse davvero un intervento divino non importava. In ogni caso si sentiva miracolato.

Significava qualcosa, dannazione.

Sentì uno strano gonfiore nel petto mentre prendeva una decisione. «Indosso questa maledetta cosa perché avevo intenzione di tornare a casa stasera. Tornare alla vecchia casa sulla collina Crandall.»

«A Haunted Hill» intervenne Dave Wannamaker. Dave era l'uomo che Luke aveva etichettato in precedenza come il ciccione o il grassone. L'uomo anziano alla sua destra era Virgil Alston. Si erano presentati formalmente poco dopo l'arrivo di Greg. «Ora i ragazzini la chiamano così, è conosciuta come la collina stregata da queste parti.»

Luke fece una smorfia. «Davvero?»

Dave annuì. «Già. Iniziò qualche anno dopo... beh, lo sai. Dopo quello che è successo.»

Un po' della leggerezza era svanita dall'espressione di Greg. I suoi lineamenti contratti in un cipiglio tinto di preoccupazione. «Perché cazzo vorresti tornare in quel posto?» Lo sguardo si inasprì mentre scuoteva la testa. «Cristo santo. È una cosa ridicola, porca troia.»

Luke sospirò. «Lo so.»

«Quel coglione di tuo padre indossava un vestito da Babbo Natale quando è impazzito e ha fatto quella carneficina.»

Luke si scolò l'ultima birra. La sbatté sul bancone più forte del necessario. La forza del gesto fece cadere la bottiglia ma per fortuna Stu l'afferrò prima che si frantumasse a terra.

«Scusa, amico» disse lui, trasalendo. «Portamene un'altra, per favore.»

La fronte di Stu si aggrottò. «Sei sicuro che te ne serva un'altra?»

Luke annuì. «Non sono ubriaco. Neanche per sogno. Non ancora. Sono solo un po' agitato.»

«Te ne porto un'altra, ma se succede di nuovo ti butto fuori.»

«Non succederà. Te lo prometto.»

«Bene. Ci conto.»

Stu prese un'altra bottiglia di Pabst, tolse il tappo e la posò sul bancone davanti a Luke, poi prese la birra e rivolse uno sguardo a Greg. «Non ho bisogno di ricordare quella notte. Mi ricordo tutto abbastanza bene, cazzarola, grazie.» Bevve un sorso di birra. «Troppo bene, in effetti. Il vestito è un simbolo. Lo indosso *perché* è quello che indossava mio padre quella sera. Il mio piano era di andare in quella casa sulla collina stregata e usare il mio fucile per finire il lavoro che quel figlio di puttana ha iniziato dieci anni fa.»

Luke non riusciva a credere di averlo detto ad alta voce, davanti a Greg e a tutti quegli estranei. Ma lo aveva fatto. Colpa dell'alcol, della foga del momento o di una combinazione di entrambi. Non importava. Ciò che importava era che aveva appena pronunciato quelle parole e che non poteva rimangiarsele.

Un silenzio imbarazzante si protrasse per circa dieci secondi.

Poi Greg si schiarì la gola e disse: «Vediamo se ho capito bene. Sei tornato a casa dieci anni dopo che il tuo folle padre ha massacrato tutta la tua famiglia per ammazzarti nello stesso posto.»

Luke sorseggiò la birra e annuì. «Più o meno.»

Seguì un altro silenzio imbarazzante.

Poi Greg lanciò un'occhiata a Stu. «Chiama la polizia. Sul serio. Una dichiarazione ufficiale di suicidio giustifica una notte al fresco, possono arrestarlo come minimo.»

Stu si avvicinò al telefono a muro dietro il bar e mise la mano sul ricevitore.

Luke scosse con forza la testa. «Non farlo. Non è necessario. Ho cambiato idea.»

Greg lo guardò. «E dovrei fidarmi della tua parola?»

Lui sospirò. «È la verità. Senti, non mi aspettavo di incontrarti stasera. Mi ha fatto pensare...»

Luke passò qualche minuto a spiegare tutte le mezze idee di redenzione che gli stavano balenando nel cervello in preda all'alcol da un po' di tempo. Quando finì, Greg sembrava in qualche modo rabbonito, anche se non del tutto convinto. Lui e Stu si scambiarono un lungo sguardo. Dopo un altro momento, Stu alzò le spalle e tolse la mano dal ricevitore.

Greg fissò Luke con un'espressione severa. «Fanculo a qualsiasi altro piano tu abbia in mente. Stanotte starai a casa mia. E ti porto via quel dannato fucile. Non è negoziabile. Mi hai capito?»

Luke annuì. «Capito.»

Per qualche istante calò un altro silenzio imbarazzante.

Terminò quando Virgil Alston disse: «Avresti potuto avere compagnia se fossi andato a Haunted Hill stasera, comunque.»

Luke si accigliò. «Compagnia? Nessuno vive lì, ormai.»

Greg scosse la testa. «Non è quello che intendeva.»

Il cipiglio di Luke si fece più profondo mentre si girava sullo sgabello per guardare direttamente Greg. «Allora cosa voleva dire?»

Greg iniziò a raccontare.

Mentre ascoltava, Luke allontanò la bottiglia di Pabst e indicò a Stu di portargli un doppio whisky. Aveva bisogno di annegare tutti quei racconti nell'alcool. Cazzo se ne aveva bisogno. Il suo doppio whisky era già finito quando Greg concluse il suo racconto.

Luke ne ordinò immediatamente un altro.

5

Simone sbirciò attraverso la porta aperta nell'atrio velato d'ombre della casa degli Herzinger, abbandonata da tempo, sentendosi un po' nervosa sulla soglia del luogo in cui si era consumato il crimine più famoso della storia della città.

Non che avesse molta concorrenza in quel campo. Rayford era una cittadina per lo più tranquilla, con una popolazione di meno di diecimila anime. C'erano stati altri omicidi, certo, e anche qualche altro raptus di violenza con più vittime. Ma nessuno di quei crimini si avvicinava all'orrore assoluto di ciò che era accaduto tra quelle pareti dieci anni prima.

La maggior parte della gente del posto conosceva la storia a memoria.

Era una storia completamente folle. Una famiglia numerosa si era riunita per festeggiare il Natale. Quindici uomini, donne e bambini, senza contare Silas Herzinger, il patriarca della famiglia e artefice della sua distruzione. Tutti gli Herzinger, tranne uno, erano morti quella notte, molti di loro massacrati nel sonno, fatti a pezzi con un'ascia. Altri erano svegli, ma solo a fatica, grazie all'alto livello di Rohypnol che circolava nel loro organismo. I loro pasti natalizi erano stati conditi con la sostanza. In poche parole erano prede fin troppo facili da sterminare. Alcuni si erano procurati le tipiche ferite da autodifesa, probabilmente avevano tentato di respingere la furia di Silas, ma tutti i loro sforzi erano risultati vani.

Solo Luke Herzinger, all'epoca un ragazzo di circa vent'anni, per puro caso non era stato drogato.

Ma, nonostante ciò, anche lui se l'era vista brutta. Durante la strage, stava dormendo, era stato svegliato dalle urla di una sua cugina che veniva maciullata viva nella stanza accanto. Dopo averla ammazzata, Silas era piombato nella stanza del figlio. Luke ancora non aveva idea che sua madre, i suoi fratelli e gli altri componenti della famiglia erano già stati ammazzati. Per fortuna era sveglio quando il padre gli si era avvicinato. Il vecchio indossava il vestito da Babbo Natale che solitamente sfoggiava quel giorno per consegnare i regali ai più piccoli. Era imbrattato di sangue, così come il suo viso.

Silas aveva cercato in tutti i modi di uccidere l'ultimo figlio rimasto in vita, ma Luke aveva schivato più volte la lama pesante dell'ascia prima di riuscire ad afferrare una lampada da tavolo e a spaccarne la base sulla testa del padre. Poi era andato in cerca di aiuto, solo per essere investito dall'orrore della carneficina che lo aveva accolto in ogni stanza. Era stato così sopraffatto da tutti quei morti che era fuggito dalla casa senza chiamare il 911. Invece era salito in macchina e aveva guidato a tutta velocità fino alla stazione di polizia. Era un relitto umano balbettante e sconvolto, ma alla fine i poliziotti erano riusciti a farsi un'idea della situazione. Quando erano arrivati alla casa in cima alla remota collina di Crandall, Silas era già morto. Ripresosi dal colpo di Luke, aveva deciso di farsi saltare la testa con un fucile da caccia. Nessuno aveva mai scoperto perché si fosse macchiato di quelle indicibili nefandezze. Non aveva nemmeno lasciato un biglietto d'addio. Le sue finanze erano in ordine. Non c'erano prove che qualcuno gli avesse fatto del male in qualche modo.

Era semplicemente... impazzito.

In qualche modo.

Per ragioni sconosciute.

«Entriamo o no?»

Simone sobbalzò al suono della voce di Terry. Si voltò e lo vide in piedi sul bordo del portico. All'esterno, il vento continuava a soffiare implacabile e a spazzare la neve ed era quasi impossibile avere una visuale decente. Maledisse ancora una volta la stupidità di Spence. La possibilità di rimanere bloccati lì per la notte si faceva sempre più concreta.

Si strinse nelle braccia e rabbrividì. «Immagino che non abbiamo scelta. Fa troppo freddo per restare qui fuori. Ma vorrei che avessimo un'altra torcia. C'è un buio tremendo là dentro e non vedo né Spence né nessun altro. Devono essere sgattaiolati per bene all'interno della casa o al piano di sopra.»

Terry teneva ancora tra le dita della mano destra i manici della busta di plastica della spesa che conteneva la birra. Sorridendo, la spostò sull'altra mano e tirò fuori il telefono dalla tasca destra dei pantaloni. Passò un paio di volte il dito sullo schermo e un istante dopo un bagliore luminoso uscì dal retro.

Simone si accigliò. Aveva dimenticato che molti smartphone erano dotati di una funzione torcia. La luce emessa dalla lampadina sul retro del telefono non era potente come quella di una torcia reale, ma era decisamente meglio di niente. Il suo telefono, invece, era nella borsa, che aveva lasciato nel SUV. Pensò di andare a prenderlo, ma il tempaccio e l'oscurità avvolgente della casa le fecero cambiare idea. Era meglio rimanere vicino a Terry.

Si fece da parte e spronò il ragazzo «Fai strada. La birra la porto io.»

Lui le passò la borsa e guardò Simone che estraeva una bottiglia verde dal cartone da sei.

Sorrise. «Non ti dispiace condividere, vero?»

Terry ricambiò il sorriso. «Non con te.»

Certo che no, pensò Simone.

Sapeva benissimo che Terry non le avrebbe mai rifiutato nulla. La sensazione di potere che le dava avrebbe potuto farla sentire in colpa, almeno un po', in altre circostanze, ma ora non le importava.

Il suo amico nerd perdutamente innamorato di lei tirò fuori le chiavi da un'altra tasca e le offrì a Simone. «Ti servirà un apribottiglie.»

Un apribottiglie economico, di quelli che si trovano negli scaffali di quasi tutti i minimarket del paese, era attaccato al portachiavi. Staccò il tappo dalla bottiglia e lo lasciò cadere sul portico coperto di neve.

Passò la bottiglia a Terry. «Questa è tua.»

Ne aprì un'altra per sé e infilò le chiavi di Terry in una tasca della giacca. «Per custodirle.»

Sempre sorridendo, Terry bevve un sorso di birra – uno grosso, per dimostrare quanto fosse virile, senza dubbio – ed entrò in casa Herzinger. Tenne il telefono all'altezza della spalla mentre si addentrava nell'atrio. Simone bevve un sorso dalla sua bottiglia e lo seguì in casa.

Il sapore della birra le fece fare una smorfia. Era davvero amara, un sapore troppo forte per un palato abituato al gusto più blando e delicato di quella a buon mercato. Pensò che sarebbe passata alla Budweiser quando avessero raggiunto quel coglione del suo ragazzo e gli altri. Terry poteva tenersi la sua birra pregiata.

Terry svoltò a sinistra qualche metro più avanti nella casa, attraversando un ampio arco in quello che sembrava essere il soggiorno. Simone vide un lungo divano e diverse poltrone reclinabili. Il divano si trovava di fronte a un mobile per la televisione, ma l'apparecchiatura elettronica che un tempo ospitava era scomparsa, probabilmente rimossa da tempo da Luke Herzinger o dai ladri. Era stupita che ci fossero ancora così tanti mobili. Si aspettava di trovare il posto completamente spoglio, con il contenuto messo in qualche grande container o trasportato in discarica. Avrebbe avuto senso. Nessuno aveva vissuto in quella casa per un decennio, eppure, con poche eccezioni, come il televisore mancante, l'interno aveva ancora l'aspetto che doveva avere in origine.

Accorgersi di quei dettagli fu un po' inquietante. Una serie di stanze vuote sarebbe stata molto meno angosciante. Lo stato di conservazione del luogo accresceva la sensazione di essere entrati in un sepolcro sigillato da molto tempo.

In piedi, al centro circa del soggiorno, Terry girò lentamente in cerchio e fece passare il fascio di luce sulle pareti. Lo stupore di Simone crebbe quando vide alcune foto di famiglia e alcune stampe d'arte ancora appese nelle loro cornici. Terry l'accompagnò mentre si avvicinava alla parete con il maggior numero di quadri. La sua bocca si spalancò per lo stupore mentre fissava le immagini sbiadite di persone che le erano familiari. Aveva incontrato molti di quei volti nel corso delle ricerche sul Massacro della Famiglia Herzinger.

Allungò la mano per sfiorare il volto di una bambina. Nella foto, era in piedi con suo padre in un luogo all'aperto. La foto era stata scattata in una giornata luminosa in un parco. La piccola indossava un vestitino giallo e aveva le braccia strette intorno alle gambe robuste del papà. Lui sorrideva e teneva in braccio un bambino ancora più piccolo.

L'uomo nella foto era John Herzinger, fratello minore di Silas. La bambina con il vestito giallo era Marlee, la figlia di John. Il bambino tra le sue braccia era Dalton Herzinger, il suo unico figlio. C'era stata un'altra figlia, Laura, di diversi anni più grande di Marlee. Ma non era nella foto.

E ora erano tutti morti.

Simone emise un respiro e allontanò la mano dalla foto. «È così strano» disse, lanciando un'occhiata a Terry, che la stava guardando con un'espressione rapita. «Non posso credere che tutta questa roba sia ancora qui.»

Lui indicò le foto con un cenno del viso. «Forse dovresti prenderne una. Sai... come souvenir.»

Simone aggrottò le sopracciglia. «Non so» disse lentamente, con lo sguardo che tornava alle vecchie foto. «Non sono sicura che mi sentirei a mio agio.»

Terry grugnì. «Che c'è di male? Sono qui da tanto tempo. Nessuno le vuole. Diavolo, non c'è più nessuno di vivo a cui importi.»

Simone pensò a Luke Herzinger, che si era nascosto nell'entroterra molti anni prima e di cui non si erano più avute notizie. Aveva seguito le pagine Facebook di alcuni suoi vecchi amici e compagni di classe. A volte si interrogavano a vicenda sul suo destino, ma nessuno sapeva nulla, a quanto pareva. Era come se fosse scomparso dalla faccia della terra. Forse era addirittura morto. Terry aveva ragione. Forse era il caso di prendere alcune di quelle foto. Magari solo una.

Terry si allontanò dalle fotografie e riprese l'esplorazione del soggiorno. Simone lo seguì, esaminando con interesse persistente le librerie e le mensole. Gli scaffali sembravano un po' svuotati, con un misero assortimento di libri e videocassette. Altri oggetti erano sparsi sul pavimento. Quelli erano reperti interessanti, la collezione multimediale della famiglia Herzinger.

Alcuni degli oggetti rimasti erano cose comuni a qualsiasi casa con dei bambini. *Shrek*, *Il Re Leone*, *Toy Story*. Il solito. Tra i contenuti relativamente più adulti che rimanevano, non c'era nulla che suscitasse l'interesse di Simone. *Ti presento i miei*, *Titanic*, *Sogni d'oro* e qualcos'altro. Aveva la sensazione che le cose davvero intriganti fossero state rubate da altri molto tempo prima. Per qualche motivo, aveva immaginato che i gusti di Silas Herzinger in fatto di film tendessero più a cose come *Arancia Meccanica* o *Henry: Ritratto di un serial killer*.

Oppure, diavolo, forse il suo film preferito era stato proprio quella merda di *Ti presento i miei*. Le venne in mente una frase che aveva trovato spesso nelle sue letture sugli assassini, quella sulla "banalità del male". Era davvero abusata, ma forse perché era così azzeccata. La cosa più strana di tutta la storia di Herzinger era lo shock che tutti avevano provato per il fatto che Silas aveva fatto una cosa del genere. Era spesso descritto come "dolce", "gentile" e "premuroso". Eppure aveva fatto qualcosa di innegabilmente Malvagio con la M maiuscola. Non poteva essere successo senza un cazzo di motivo. C'era qualcosa di marcio e malato nella sua anima, qualcosa di orribile che aveva nascosto molto a lungo, finché alla fine era venuto fuori. Simone pensava che quella fosse la cosa più inquietante di tutte. Perché, se quella brutalità poteva risiedere in un uomo così rispettato e amato dalla sua famiglia, allora poteva risiedere in chiunque.

In suo padre, per esempio.

O in Spence. O in Terry.

Forse anche in se stessa.

Terry la guardò di nuovo. «Vuoi un po' di queste stronzate?»

Simone rise. «La mia famiglia ha già tutta questa roba, credo. Come quasi tutti gli altri sul pianeta.»

Bevve il resto della birra e gettò la bottiglia alle sue spalle, sorridendo al modo in cui Terry trasalì quando andò in frantumi sul pavimento da qualche parte dietro di lei. «Rilassati» disse, ancora sorridendo. «I proprietari non se la prenderanno. Te lo garantisco. Tieni, porta tu la birra per un po'.»

Con una mano offrì la borsa e con l'altra strappò il telefono a Terry.

Lui emise un suono di sorpresa sgomenta. «Ehi.»

Simone stava ancora porgendo la borsa. «Prendi la birra, Terry.»

Esitò un attimo prima di sfilarle i manici dalle dita. «Non mi hai nemmeno chiesto se potevi usare il telefono.»

Lei rise. «È una cosa che non hai ancora capito della vita. A volte devi solo *prendere* quello che vuoi.»

Trascorse un momento di silenzio assoluto mentre si fissavano nella semioscurità. Gli occhi di Terry erano ridotti a fessure perché Simone aveva puntato la luce sul suo viso. Poi emise un respiro e fece un passo verso di lei.

Simone indietreggiò e scosse la testa. «E a volte devi imparare che non si può avere tutto.»

Si sentì davvero una stronza nel vedere il volto di Terry incupirsi. E mentre riascoltava quelle parole nella sua testa provò una vergogna tremenda. Aveva appena fatto una cosa un po' crudele. Forse più di un po'.

Si accigliò. «Mi dispiace. Non so perché l'ho fatto.»

Ci fu un altro breve silenzio. Poi Terry sospirò. «Va tutto bene.»

Simone scosse la testa. «No, non va bene.» Decise che doveva cambiare argomento, e in fretta. «Pensi che le storie che abbiamo sentito da bambini siano vere?»

«Sul fantasma di Silas Herzinger?»

«Sì.»

Terry scrollò le spalle. «Non credo ai fantasmi. Non proprio. Voglio dire, immagino che sia possibile che ciò che pensiamo come fantasmi sia solo una sorta di fenomeno scientifico inspiegabile. Ma...»

«In altre parole, non ne sei sicuro. Cioè, è possibile.»

Terry si accigliò. «È questo che pensi?»

«Credi che io sia stupida?»

«No, certo che no. Gesù.»

Simone sorrise. «Smettila di essere sempre così suscettibile. Sto solo giocando con te. Non so cosa penso veramente quando si tratta di stronzate ultraterrene. Voglio dire, tendo a non crederci, ma tutto è possibile. Non conosciamo ogni cosa. Capisci?»

Si allontanò da Terry, aggirando il divano e dirigendosi verso l'estremità del soggiorno, dove incontrò una scala che portava al secondo piano. Oltre la scala c'era un corridoio buio. Altri quadri ornavano le pareti. La cucina era da qualche parte in quella direzione, forse anche una lavanderia o un ufficio. Al piano superiore c'erano le camere da letto dove erano morti tanti membri di quella famiglia maledetta.

Simone alzò il telefono e puntò la luce verso le scale.

Terry si mise al suo fianco e fissò anche lui.

Riuscirono a vedere le scale fino a circa metà. La luce del telefono era troppo debole per penetrare più in là. Mentre stavano lì in silenzio ancora qualche istante, Simone fu colpita dalla totale assenza di suoni provenienti da qualsiasi altra parte della casa. Fino a quel momento era stata troppo affascinata dall'esplorazione del soggiorno per accorgersene.

Spence e gli altri avrebbero dovuto fare baldoria da qualche parte lì dentro, mentre tracannavano birre e facevano sfaceli. Il suo ragazzo era troppo esuberante per rimanere così tranquillo a lungo. Sentì il primo vero brivido di paura quando l'idea si concretizzò nella sua testa. Il risentimento che ancora provava nei confronti di Spence per il suo comportamento rozzo si dissipò al pensiero che potesse essere successo qualcosa di brutto. Ok, forse non c'erano fantasmi in quella casa, ma ciò non significava che non ci fossero altri pericoli. Era una dimora vecchia. Nessuno si era occupato della manutenzione per molto tempo. Forse qualche asse del pavimento marcio era crollata e loro erano caduti in... qualcosa.

Cazzo, non immaginava cosa potesse essere successo.

Ma un qualche tipo di incidente era sicuramente possibile.

Passò il telefono alla mano sinistra, appoggiò la destra alla ringhiera e iniziò a salire le scale.

Terry le afferrò il polso, fermandola sul primo gradino. «Aspetta, non sappiamo se è sicuro lassù.»

«Devo cercare Spence. Questo stramaledetto silenzio non ti spaventa neanche un po'?»

«Aspetta un attimo. Proviamo prima a chiamarli.»

Riconoscendo che si trattava di un suggerimento sensato, Simone si portò una mano alla bocca e alzò la voce per gridare: «*Spence! Dove cazzo sei?*»

Terry aggiunse il suo contributo, ancora più forte. «*Karen! Bradley! Smettetela di giocare, stronzi! Sappiamo che ci state prendendo per il culo!*»

Rimasero lì ad aspettare un po'.

Nessuna risposta giunse dal piano di sopra o da qualsiasi altra parte della casa.

Simone emise un respiro. «Fanculo.»

Si liberò dalla presa di Terry e riprese a salire le scale.

Lui esitò un attimo e poi la seguì su per i gradini scricchiolanti e nel buio più profondo del secondo piano.

6

Luke apprese alcune cose interessanti nel corso dell'ora successiva, mentre continuava a bere e a parlare con Greg Lancaster e i clienti abituali del Sal's Place. Come spesso accade nelle conversazioni nutrite da abbondanti quantità di alcol, quei discorsi sconclusionati andavano totalmente a puttane. Tuttavia, ritornavano sempre sul tema della tragedia che aveva colpito Luke e la sua famiglia dieci anni prima. All'inizio la cosa mise Luke a disagio come al solito, ma la sua riluttanza a discutere dell'argomento svanì presto di fronte all'incessante euforia di Greg.

Tra le altre cose, seppe che la casa degli Herzinger sulla collina di Crandall era diventata una specie di icona della cultura popolare locale negli anni successivi alla tragedia. Non era passato molto tempo prima che tutti a Rayford si riferissero al luogo come Haunted Hill, anziché con il suo nome proprio. Le storie di un'infestazione di fantasmi avevano cominciato a circolare ampiamente circa due anni dopo gli omicidi. Si diceva che di notte si sentissero urla e altri rumori inquietanti provenire dalla casa, apparentemente vuota. Alcuni visitatori giuravano di aver sentito il suono della lama di una pesante ascia che si conficcava nella carne o nel legno. La polizia si era avventurata nel luogo di tanto in tanto per controllare dopo aver ricevuto chiamate particolarmente isteriche da persone che avevano violato la proprietà, ma non aveva mai trovato alcuna prova dell'esistenza di fantasmi o di nuovi omicidi.

I racconti erano comunque proseguiti negli anni successivi, anche se alcuni dettagli cambiavano ogni tanto. A un certo punto, tutti concordavano che il fantasma di Silas Herzinger potesse essere visto vagare intorno alla casa di notte ogni vigilia di Natale. Il fantasma era sempre lì, così si raccontava, ma in quella notte di ogni anno diventava corporeo, acquisendo sostanza e forma fisica. Coloro che sostenevano di averlo visto di solito lo descrivevano allo stesso modo, con indosso un vestito da Babbo Natale macchiato di sangue e una grande ascia. Greg le considerava becere dicerie e vere e proprie falsità raccontate da ragazzi del posto che cercavano solo di spaventarsi a vicenda.

L'umore di Luke si oscurò notevolmente ascoltando quelle storie.

Greg se ne accorse e cercò di orientare la conversazione in un'altra direzione. «Secondo me, però, non c'è un fantasma spaventoso come alcuni di quei pagliacci che si candidano alla presidenza in questo periodo. Prova a immaginare uno di quei maniaci narcisisti che riesce a occupare lo studio ovale. Questo Paese andrebbe a rotoli più velocemente di un'esplosione di diarrea.»

Dave Wannamaker e Virgil Alston ridacchiarono di gusto, avendo entrambi chiaramente intuito ciò che Greg stava cercando di fare.

Ma Luke non voleva essere distratto dalla storia. Lo disturbava il fatto che la notte di orrore che aveva sopportato dieci anni prima si fosse trasformata in uno stracazzo di parco di divertimenti dell'orrore per i ragazzini del posto, ma sentirne parlare risvegliava un'insaziabile curiosità morbosa. Aveva bisogno di saperne di più e fece pressione su Greg per ottenere ulteriori dettagli.

Vedendo che l'amico voleva ascoltare il resto, lui sorseggiò il suo whisky e considerò per un attimo l'espressione ansiosa di Luke prima di posare il bicchiere sul bancone.

Il suo volto s'incupì mentre raccontava il resto di ciò che sapeva. «Ok, ecco come stanno le cose. Per un certo periodo, circa cinque o sei anni, visitare Haunted Hill la vigilia di Natale è diventato una specie di rito di passaggio tra i ragazzi più grandi. In parte era per dimostrare quanto fossero coraggiosi, ma in fondo era solo un'altra scusa per allontanarsi dagli adulti e fare festa. Sai com'è. Anche noi facevamo cazzate simili. Ebbene, alcuni di questi ragazzi hanno riportato ferite misteriose mentre si trovavano nella tua vecchia casa, alcune abbastanza gravi da richiedere cure mediche. Un ragazzo è stato ricoverato in ospedale per una ferita all'addome. Ha detto al personale di aver evitato per un soffio di essere tagliato a metà dal fantasma di Silas Herzinger.»

A questo punto del racconto, tutto il colore era scomparso dal volto di Luke. «Gesù. Che cos'era successo davvero?»

Greg scrollò le spalle. «Non lo sa nessuno. E questo è stato l'ultimo incidente. La polizia è andata a indagare di nuovo e non ha trovato nulla. Non ci sono prove di occupazioni abusive o di intrusi, a parte i ragazzi che si trovavano lì quella notte. Alcuni ipotizzarono che la ferita del ragazzo fosse stata autoinflitta, che l'avesse fatto per attirare l'attenzione e che si fosse inventato di essere stato attaccato dal fantasma di Silas.»

Luke annuì, emettendo un lento respiro mentre fissava la bottiglia quasi vuota di Pabst che stava stringendo tra le dita. «Immagino che abbia senso.»

Greg rise di gusto. «Ha più senso di un cazzo di fantasma, questo è sicuro. Comunque, dopo di ciò il posto fu transennato in modo abbastanza sicuro e furono affissi alcuni cartelli di avvertimento. 'I trasgressori saranno perseguiti', cose del genere. Immagino abbia funzionato, perché da allora non ci sono stati più incidenti.»

Virgil Alston scivolò dallo sgabello e fece una smorfia per lo scricchiolio delle sue vecchie ossa mentre si infilava la giacca. «Stai a vedere che un giorno tutte quelle sciocchezze ricominceranno» disse tirando su la cerniera della giacca. «Ora che il polverone si è calmato, prima o poi qualche altro gruppo di ragazzi troverà il coraggio di provare a entrare in quel posto. E allora ci saranno altre storie di fantasmi che gireranno. Attenti.» Tirò fuori un portafoglio, estrasse alcune banconote e le lasciò cadere sul bancone. «Comunque, credo sia meglio che torni a casa finché sono in grado di reggermi in piedi. Buonasera, ragazzi.»

Gli altri uomini al bar salutarono Virgil mentre si dirigeva a fatica verso la porta d'ingresso e la apriva. Un'altra folata di aria gelida riempì il locale, insieme a qualche fiocco di neve trasportato dal vento mutevole.

Virgil lanciò loro un'occhiata prima di uscire. «Si mette male qui fuori, ragazzi. Vi consiglio di mettervi presto in cammino.»

E poi se ne andò.

Stu appoggiò le mani sul bancone del bar e osservò i volti degli uomini seduti dall'altra parte. «Dice bene il vecchio. Penso che chiuderò prima. È ora di sganciare la grana, ragazzi.»

L'invito fu accolto solo con lievi mugugni. Gli uomini pagarono e uscirono. Fu chiamato un taxi per l'uomo anziano che era rimasto svenuto al suo tavolo per tutta la durata del soggiorno di Luke.

Oltre a Stu e al tizio svenuto, Luke e Greg furono gli ultimi a lasciare il locale. Prima di andarsene, Luke fece qualche accenno alla possibilità di trovare un motel dove passare la notte, ma Greg non ne volle sapere, e insistette ancora una volta perché passasse la notte a casa sua. Disse a Luke che si sarebbero fermati in un minimarket a prendere un paio di casse di birra e avrebbero continuato la festa della rimpatriata nei confini sicuri di una calda casa accogliente.

Luke ammise che era preferibile al perdere tempo nella ricerca di un altro alloggio. La prospettiva di stare in una stanza anonima di un motel da quattro soldi non era comunque molto eccitante. Con una certa riluttanza, ammise anche che sarebbe stato meglio tornare a casa con Greg nella sua Jeep Wrangler piuttosto che cercare di guidare la sua Delta. Greg si era scolato la sua buona dose di doppio whisky mentre era da Sal, ma era comunque molto meno sballato di Luke, quindi, far guidare lui era la cosa migliore per entrambi.

Non essendo abituato a fare le cose nel modo più sensato, questa cosa gli sembrò strana e in un certo senso malsano addirittura divertente. Ma, diamine, era stata una notte strana per tutti, con il destino che lo aveva indirizzato verso una strada inaspettata, quindi andava bene così.

Una volta allacciate le cinture nella Wrangler, Greg accese il motore e uscì dal parcheggio di fronte al bar. Cambiò marcia, fece girare la jeep e si accostò alla Delta.

«Ti serve qualcosa dalla tua macchina prima di andare?» Diede un'altra occhiata divertita al vestito da Babbo Natale di Luke. «Un cambio di vestiti, forse?»

Lui scosse la testa. «Non pensavo di arrivare vivo a domani, quindi non mi sembrava necessario. L'unica cosa di valore lì dentro è il mio fucile.»

«Dov'è?»

Luke lanciò un'occhiata alla Delta e la voce si velò di tristezza: «Nel bagagliaio.»

«Beh, non avrai bisogno di quella dannata cosa. Tornerò a prenderlo domani e me ne sbarazzerò.»

Greg premette il pedale dell'acceleratore e la jeep si allontanò dalla Delta. Uscito dal parcheggio, svoltò a destra e imboccò una strada deserta per l'intensificarsi della tempesta. Il forte vento fece tentennare il tettuccio in tela e i finestrini di vinile del veicolo. La neve cadeva a fiocchi e veniva spazzata lateralmente dal vento, rendendo difficile la visibilità. Greg guidò con una marcia bassa per avere una migliore trazione, ma questo li rallentò a dismisura.

Le luci di un minimarket si intravedevano qualche isolato più avanti. Molti dei negozi e dei ristoranti che costeggiavano i due lati della strada in quel quartiere commerciale erano già chiusi, in osservanza della festività o a causa del maltempo. In una notte normale, la maggior parte di quelle attività sarebbe rimasta aperta ancora per ore, ma quella sera le loro vetrine erano buie. Per quanto Luke riuscì a capire, la stazione di rifornimento Kwik-Stop all'angolo era l'unica rimasta aperta. Non c'erano auto alle pompe, ma un paio erano parcheggiate vicino all'ingresso e poteva vedere persone che si muovevano all'interno del negozio della stazione.

Greg svoltò nel parcheggio e si accostò alla pompa più vicina all'ingresso. Spense il motore e si spostò sul sedile per prendere il portafoglio. Lo aprì, tirò fuori alcune banconote e le offrì a Luke. «Ti dispiace prendere la birra mentre faccio benzina? Di solito non mi preoccuperei di fare il pieno con un tempo come questo, ma sono più a corto di carburante di quanto pensassi.»

Luke rifiutò le banconote e si avvicinò alla maniglia della portiera sul fianco. «La birra la pago io. Anche la benzina, se vuoi. Dimmi solo quanto ci metti.»

Greg cercò di spingere le banconote verso di lui. «Dai, amico, prendi i soldi.»

Luke aprì la portiera e uscì. Si appoggiò all'interno per ripararsi il viso dalla neve che turbinava e disse: «Ho detto che ci penso io. Ho un bel po' di banconote che mi scottano in tasca. Tanto vale che le usi. Quanto devo dire all'impiegato che ci metti?»

Greg si tenne i soldi con evidente riluttanza e rimise il portafoglio nella tasca posteriore. «Venti dollari senza piombo dovrebbero bastare per ora. Visto che ti senti tanto generoso, prendi anche un po' di patatine e roba del genere. Ho un po' di fame.»

«Nessun problema.»

Luke chiuse la portiera e si diresse verso l'ingresso del negozio illuminato, camminando a testa bassa e con le mani infilate nelle tasche del cappotto rosso. Il vento gelido era così ferocemente freddo che sembrava sul punto di strappargli via lo strato superiore della pelle dal viso. Rabbrividì e gemette forte di sollievo mentre spingeva la porta verso l'interno del negozio, molto più caldo.

Dopo aver battuto i piedi sul tappetino all'interno per togliere un po' di neve dagli stivali, si diresse verso il bancone, tirò fuori il portafogli e consegnò una banconota al commesso di turno. «Venti dollari senza piombo alla pompa numero uno.»

L'impiegato annuì.

Luke si diresse verso il retro del negozio dove c'erano i frigoriferi per la birra allineati alla parete posteriore. Ne aprì uno e tirò fuori una cassa di Bud e una di Pabst. Tornando alla cassa, percorse un corridoio dedicato ai prodotti automobilistici. Bottiglie di plastica di olio per motori e di antigelo, raschietti per vetri, miscele per iniettori di carburante, cose del genere.

Sullo scaffale in basso c'erano alcune taniche di benzina.

Si fermò di botto e le fissò per alcuni istanti, mentre un'idea gli balenava in testa. Riconobbe subito che era completamente folle, visto quel maltempo figlio di puttana. Sapere che lo era, tuttavia, non la rendeva meno irresistibile. Con un sguardo da pazzo guardò fuori.

La neve non era affatto diminuita, ma riusciva a scorgere l'ombra di Greg vicino alla pompa. Luke cercò di immaginare come avrebbe reagito il suo amico all'idea. Probabilmente non con entusiasmo. Ma forse avrebbe potuto spiegargli tutto facendo leva sul suo lato folle e spericolato. Insieme al resto del loro vecchio gruppetto, in passato avevano trascorso dei momenti davvero fuori di testa. Avevano anche fatto alcune cose da pazzi come quella che aveva in mente in quell'istante. Vaffanculo, l'alcol lo trasformava del tutto.

E, beh, quella sera Luke e il suo vecchio amico si erano sbronzati di brutto. Certo, erano più grandi di quanto non fossero ai tempi in cui correvano rischi, e Greg sembrava decisamente più lucido adesso. Ma forse, se avesse visto l'idea come un gesto di coraggio estremo di Luke contro il suo tragico passato, come una sorta di esorcismo, forse, solo forse, avrebbe potuto accettare ad aiutarlo nel suo piano completamente assurdo.

Espirando, Luke prese una decisione.

Al diavolo, pensò. *Facciamo un tentativo.*

Portò le casse di birra al bancone.

Poi tornò al reparto auto e prese due taniche di benzina.

7

Simone si fermò al pianerottolo del secondo piano e puntò la luce verso un corridoio. La debole illuminazione rendeva difficile dirlo con certezza, ma intuì che si trattava di un corridoio piuttosto lungo. C'era qualcosa nell'oscurità che le faceva capire di essere entrata in un luogo così sbagliato e malsano da farle venire i brividi. Mentre stava lì ad ammirare con terrore il buio, cominciò a percepire che le ombre nascondevano altri segreti, figli del dolore e delle tenebre. Si disse che non doveva temere un luogo perché semplicemente buio, in fin dei conti era una banale assenza di luce, niente di più. La sensazione che pulsasse di un'intelligenza soprannaturale maligna era figlia della sua paura che alimentava illusioni paranoiche.

Terry la raggiunse sul pianerottolo e disse: «Vedi qualcosa?»

Simone sobbalzò al suono della sua voce. «Gesù! Mi hai spaventato.»

«Mi dispiace.»

Simone sospirò. «Va tutto bene.»

In realtà non andava bene un cazzo. Il cuore le era esploso nel petto per lo spavento. Ma sapeva che non l'aveva fatto di proposito e, quindi, non si incazzò con lui. Inoltre, era troppo terrorizzata da quella casa e dal mistero dei suoi amici scomparsi per litigarci. Se avesse detto qualcosa di troppo cattivo, lui avrebbe potuto decidere di tornare al SUV e abbandonarla lassù. E ora non aveva proprio voglia di affrontare quell'oscurità da sola.

Trascorse un momento di silenzio mentre stavano lì a fissare il corridoio buio.

Terry si schiarì la gola. «Allora... vogliamo stare qui tutta la notte?»

Simone non rispose subito. La sua paura non si stava affatto attenuando man mano che i secondi passavano e diventavano minuti. Al contrario, si stava intensificando. Sentiva il sudore sotto le ascelle, nonostante il freddo che soffocava la vecchia casa. Era schiacciata dalle sue emozioni e da quelle sensazioni senza nome che si nascondevano nelle tenebre, pensò di dare il telefono a Terry e di incitarlo a fare il primo passo nel corridoio stracolmo di nera oscurità. Le piaceva l'idea di avere una specie di barriera umana tra sé e qualsiasi potenziale minaccia in agguato al secondo piano. Era un impulso egoistico e da vera stronza, si sentiva un po' in colpa per quel pensiero, ma non tanto da rischiare la propria vita.

Alla fine, però, decise di tenersi stretta il telefono. Per qualche ragione l'idea di non avere una fonte di luce tra le mani era più terrificante di qualunque mostro o fantasma. Poi pensò che probabilmente Spence e gli altri stavano ancora tramando uno scherzo del cazzo. In realtà, in quel momento erano nascosti in una di quelle stanze in silenzio, in attesa del momento giusto per saltare fuori e gridare "*buuu!*".

E se dovesse succedere, pensò Simone *darò un calcio così forte alle palle di Spence da farle esplodere, porca puttana*!

«Resta vicino» disse, lanciando un'occhiata a Terry.

Lui sorrise. «Certo, non c'è problema.»

Simone non riuscì a non sgranare gli occhi di fronte a quel sorriso. Naturalmente per lui non era un problema. Stare vicino a lei era la cosa che preferiva al mondo. Provò di nuovo un piccolo brivido di piacere nel sapere che tipo di influenza aveva su di lui. Poteva essere il suo piccolo burattino, se voleva. Poteva farlo ballare e farlo comportare come un buffone. Sarebbe stato divertente.

Ma no, non era così superficiale. Non era così cattiva.

Non proprio.

Tenne la luce il più possibile davanti a sé e riprese a percorrere il corridoio. Lo scricchiolio delle assi del pavimento sotto i loro piedi era più forte di quello del piano di sotto. Puntò la luce verso il basso e studiò per un attimo il pavimento. Gran parte del legno era deformato. Tra alcune tavole erano comparse delle fessure larghe qualche centimetro, che accrescevano i suoi dubbi sull'integrità strutturale della casa. Alcune tavole cedevano troppo in fretta sotto il calpestio dei suoi piedi.

Dopo alcuni passi sentì il rumore del legno incrinato, il rumore di schegge che si staccavano dalle assi, a quel punto smise di procedere in avanti. Forse Spence e gli altri erano davvero in agguato in una delle stanze del corridoio, ma data la situazione si era rotta di continuare a stare al loro gioco. La cosa più intelligente da fare sarebbe stata tornare al piano di sotto e riprendere a chiamarli. Se non ci fosse stata risposta, avrebbe abboccato all'amo del loro scherzo del cazzo e chiamato il 911. Ciò avrebbe potuto significare avere dei seri problemi con i suoi genitori e la polizia, ma non le fregava niente. Era pronta ad affrontare le conseguenze. Ma se i suoi amici fossero stati in serio pericolo, e se fossero rimasti feriti dopo una caduta o per colpa di qualcos'altro?

Stava per dire tutto a Terry, ma poi vide qualcosa tra le ombre e la luce. Proprio davanti a lei. Non se l'aspettava minimamente, era al cospetto di un qualcosa che non aveva senso e che il suo cervello faticava a elaborare nel modo giusto.

Quelle sono dita dei piedi, pensò, mentre il suo cervello finalmente tornava a funzionare. *Hanno lo smalto, i piedi di una ragazza.*

Per quanto ne sapeva, l'unica altra ragazza in casa era Karen Hogan, ma lei indossava i suoi Ugg, spessi stivali invernali foderati di pelle di pecora. L'interno della casa sembrava un congelatore di carne. Non avrebbe mai camminato scalza in quella casa. A meno che non avesse perso la testa, Karen *non* si sarebbe mai tolta gli stivali, ne era sicura.

Eppure quelli erano indiscutibilmente i piedi nudi di una giovane donna proprio davanti a lei nel corridoio. Le unghie dei piedi erano smaltate di una tonalità di rosso vivo. Era la stessa tonalità che Karen usava per le sue unghie. Simone non riusciva a dare un senso a tutto ciò, se non che forse si trattava di un altro scherzo di pessimo gusto.

«Karen, sei tu?»

Terry si avvicinò alle sue spalle. «Che succede?»

Ignorandolo, Simone fece un altro paio di passi lungo il corridoio. A ogni suo movimento il legno scricchiolava, ma era troppo attratta da quel mistero per preoccuparsene.

La donna in piedi nel corridoio davanti a lei non si mosse. Man mano che il campo di luce scacciava l'oscurità riuscì a distinguere altri dettagli. La donna immobile non era solo scalza, era completamente nuda. La testa pendeva in avanti, i lunghi capelli scuri le coprivano in parte il viso.

Simone si fermò di botto. «Karen? Stai bene?»

Doveva essere lei. Per quanto sembrasse assurdo, quella persona le assomigliava troppo per essere un'altra.

Terry inspirò bruscamente. «Quello è... sangue?»

Simone inizialmente rimase confusa da quella domanda, ma fece qualche passo avanti e sussultò quando la luce delineò più chiaramente gli schizzi di rosso sulle gambe e sul torace di Karen. Sentì il pavimento scricchiolare dietro di lei mentre Terry indietreggiava spaventato.

Ripensò a uno scherzo del cazzo. Poi analizzò in pochi secondi la situazione, non c'era stato abbastanza tempo per Spence e gli altri per organizzare qualcosa di così elaborato, ma forse si sbagliava. Forse non era affatto uno scherzo dell'ultimo secondo ed era stato pianificato con largo anticipo. Una parte di lei voleva credere che fosse così. Si sarebbe arrabbiata, ma almeno uno scherzo era un qualcosa di radicato nel mondo reale. Era uno scenario infinitamente preferibile all'avere a che fare con una sorta di fenomeno soprannaturale del cazzo.

Fece un altro passo avanti, strizzando gli occhi e osservando con maggiore attenzione gli schizzi rossi sul corpo di Karen. La sostanza, qualunque cosa fosse, era ancora fresca. Una sottile linea di cremisi stava lentamente strisciando lungo l'interno coscia depilato.

Ci fu un altro forte scricchiolio dietro di lei, ma diverso da quello che aveva sentito in precedenza. Continuò più a lungo e fu seguito da un forte tonfo. Prima che Simone potesse voltarsi per indagare, Karen sollevò la testa e parlò con voce bassa e stridula, del tutto diversa dalla sua voce normale.

«*Lui è qui.*»

Simone si girò e puntò la luce verso l'altra estremità del corridoio.

Terry era ormai a diversi metri di distanza e stava ancora indietreggiando. Dietro di lui una porta si stava aprendo. I cardini cigolarono in modo sinistro. Mentre Simone guardava con la bocca aperta per l'orrore, un uomo vestito da Babbo Natale uscì da una stanza. Il vestito sembrava essere stato recuperato da un cassonetto. Le frange, un tempo bianche, erano sporche e la stoffa era strappata in numerosi punti. Ciò che riuscì a vedere sotto il cappello rosso e logoro le fece accelerare il respiro. Provò a urlare, ma non ci riuscì.

L'uomo vestito da Babbo Natale era un ghoul, un cadavere ambulante con occhi neri e carne morta putrescente. Tra le sue mani guantate di rosso c'era una grande ascia dalla lama pesante. Terry stava tentando di voltarsi quando il Babbo-ghoul sollevò l'ascia sopra le sue spalle e iniziò a rotearla.

A quel punto Simone esplose in un urlo delirante. Un urlo inquietante e fortissimo, ma non abbastanza da sovrastare il suono maniacale delle risatine di Karen. La luce del telefono baluginò sulla lama dell'ascia. Terry rimase immobile al centro del corridoio, troppo sopraffatto dal terrore per spostarsi o semplicemente incapace di comprendere ciò che stava accadendo.

La lama si abbatté sul lato del suo collo e lo trapassò con una facilità sconvolgente. La testa volò via mentre il sangue schizzava in aria dalla ferita. Simone urlò di nuovo quando la testa mozzata atterrò sul pavimento e rotolò verso di lei.

Il corpo senza testa di Terry rimase in piedi ancora un istante prima di afflosciarsi e stramazzare al suolo. Il Babbo-ghoul guardò Simone e sorrise. Poi la creatura scavalcò il cadavere e si diresse verso di lei, impugnando la pesante ascia con furia omicida.

Urlando ancora una volta, Simone indietreggiò e afferrò Karen per un polso, tirandola in fondo al corridoio. Karen si lasciò trascinare, continuando a ridacchiare in quel modo demenziale. Alla fine del corridoio c'era una porta aperta.

Non c'era altro posto dove andare.

Simone spinse Karen attraverso l'apertura e la seguì nella stanza buia come la pece. Il telefono le era scivolato dalle dita durante la corsa. Si rammaricò della sua perdita, ma non c'era alcuna possibilità di recuperarlo. Chiuse la porta e girò la serratura, sperando che reggesse fino a quando non fosse riuscita a barricarla adeguatamente. Con il cuore che le batteva all'impazzata, iniziò a cercare nel buio i mobili che avrebbe potuto usare per bloccare l'ingresso.

Ma prima di trovarli, inciampò in qualcosa sul pavimento. Perse l'equilibrio e ruzzolò in avanti, sbattendo la testa contro qualcosa di duro. Impazzì per il dolore.

Mentre la coscienza si affievoliva, sentì Karen ridacchiare ancora.

E poi parlò di nuovo con quella voce bassa e inquietante. «*Ora sei qui con noi. Per sempre.*»

8

La Wrangler era parcheggiata in fondo al lungo e stretto viale che portava alla casa in cima alla collina di Crandall. Anche con gli abbaglianti della jeep accesi e i tergicristalli che andavano avanti e indietro alla massima velocità, la visibilità era scarsa. Nell'ultima ora era caduta abbastanza neve per cui, anche con le quattro ruote motrici del veicolo, il viaggio su per il tortuoso viale sarebbe stato un inferno del cazzo. Sarebbe bastato il maltempo a scoraggiare qualsiasi persona sana di mente. Per non parlare di quanto dannato alcol avessero assunto al bar, era quasi certamente ben al di sopra del limite consentito dalla legge per la guida di un veicolo a motore. In pratica avevano creato la ricetta perfetta per un completo disastro. Una catastrofe assicurata.

Greg Lancaster tamburellò i pollici sul bordo del volante e strizzò l'occhio alla neve che scendeva senza sosta. «Mi passeresti un'altra di quelle birre?»

Un cartone aperto di lattine di Budweiser si trovava sul pianale tra i piedi di Luke. Ne estrasse una e la passò all'amico. «Senti, ora che siamo qui, ho capito meglio quanto sia stupida questa idea. Annulliamo tutto e torniamo a casa tua finché le strade sono ancora percorribili.»

Ci fu un gorgoglio spumeggiante quando Greg aprì la linguetta della lattina fresca di Bud. «Non c'è niente di stupido. A parte le condizioni meteorologiche sfavorevoli.» Bevve profondamente dalla lattina, ruttò sommessamente e si pulì la bocca con il dorso di una mano. «Quel posto avrebbe dovuto essere raso al suolo anni fa. Hai ereditato tutto il patrimonio di tuo padre, giusto? Come mai non l'hai mai fatta abbattere?»

Luke bevve un sorso contemplativo di birra prima di rispondere. «Credo soprattutto perché non volevo nemmeno pensare a quel posto. Lontano dagli occhi, lontano dal cuore, in pratica. Mio padre era il proprietario dell'immobile da anni... beh, da prima di fare quello che ha fatto. Una volta all'anno ricevo un avviso di pagamento delle tasse sulla proprietà. Spedisco l'assegno e non ci penso più.»

«Quindi ti appartiene ancora? Nonostante la polizia si sia presa la briga di transennarla?»

«È così.»

Una linea si formò al centro della fronte di Greg. «In questo caso, suppongo che la cosa più sensata da fare sia annullare questa follia e ingaggiare un'impresa di demolizione dopo le vacanze.»

Luke annuì. «Potrei farlo, certo.»

Trascorse un attimo di silenzio.

Greg bevve un sorso di birra. «Però la benzina costa molto meno.»

«Sì, questo è vero.»

«E non sarebbe male guardare quel cazzo di posto andare a fuoco.»

«No.»

Greg tracannò il resto della birra che Luke gli aveva appena passato. Schiacciò la lattina e la gettò nel retro. «Fanculo, amico. Facciamolo.»

Azionò il cambio della Wrangler, applicò una leggera pressione sul pedale dell'acceleratore e la macchina scattò in avanti tra i cumuli di neve.

Luke si allacciò la cintura di sicurezza. «Questa è davvero una pessima idea.»

Nella risata sommessa di Greg c'era una leggera sfumatura di rancore. «Cazzo, è davvero un'idea di merda. Ma noi andremo comunque dritti al sodo.»

«Perché siamo pazzi. E ubriachi.»

Greg rise di nuovo. «Una combinazione gloriosa, secondo me. Molti degli eventi più importanti della storia sono stati il risultato di azioni sconsiderate perpetrate da pazzi ubriachi.»

Luke gettò l'ultima lattina vuota nel retro. Guardò con aria interrogativa l'amico mentre estraeva un'altra birra dal cartone. «È così?»

Greg annuì. «È risaputo. Prendi per esempio, il Boston Tea Party. Quei rivoluzionari erano fuori di melone quando gettarono tutto il tè degli sporchi inglesi nel porto. È solo un esempio tra i tanti. Puoi controllare.»

Luke tracannò birra. «Quindi stai dicendo che facendo questo stiamo onorando la memoria dei nostri eroi caduti?»

«Non so quanti di quei ragazzi siano poi morti in battaglia, ma certo, qualcosa del genere. Perché no?»

Luke scrollò le spalle. «Per me va bene.»

Il tortuoso viale privato che portava in cima alla collina di Crandall era lungo circa un quarto di miglio. Luke aveva un ricordo vivido di quando, ai vecchi tempi, faceva sfrecciare la sua Camaro sulle curve strette. Suo padre lo rimproverava di continuo, dicendo che era un buon modo per ammazzarsi, o per uccidere qualcun altro. Le sue premurose attenzioni erano normali, lui era stato sempre un genitore esemplare. Fino a quella terribile notte, non era sembrato diverso da qualsiasi altro padre diligente. Per quanto si sapeva, Silas Herzinger aveva a cuore la sua famiglia ed era particolarmente orgoglioso dei nipoti che i fratelli maggiori di Luke gli avevano dato. Ma quella vita apparentemente devota all'amore familiare era stata un'orrenda bugia, una maschera che nascondeva il mostro annidato dentro di lui. Aveva sempre e solo finto di amare Luke e il resto della famiglia. Era solo un folle che non aspettava altro se non il momento giusto per soddisfare la sua sete di sangue.

Almeno, così la vedeva Luke. Suo padre era morto senza dire una parola sul perché avesse massacrato tutti. Ma, in realtà, quale altra spiegazione poteva esserci? Di certo non credeva che il vecchio fosse stato posseduto da un demone, come insistevano alcuni degli invasati religiosi più squilibrati che aveva incontrato all'indomani del massacro. Luke non credeva nemmeno ai fantasmi, nonostante quello che gli era stato detto quella sera sulle leggende locali nate nel corso degli anni. No, lui credeva nella solida realtà.

Credeva in quella casa. Era ancora lì, un monumento all'orrore. Era fatta di legno, intonaco e altri elementi infiammabili. Poteva fare qualcosa.

Poteva bruciarla fino a ridurla in cenere.

Ma prima dovevano arrivare in cima alla cosiddetta Haunted Hill senza derapare dal vialetto e precipitare giù per il fianco della collina. Ci furono alcuni momenti un po' snervanti in cui gli pneumatici della Wrangler persero per qualche secondo la trazione sul viale innevato, ma Greg gestì ognuna di quelle rotture con disinvoltura. Anche con l'alto livello di alcol che circolava nel suo organismo, era un guidatore molto abile. Era abituato a quel tempaccio e se la cavava benissimo nelle condizioni avverse. Guidò con le marce basse per tutto il tragitto e ci volle un bel po', ma alla fine la sagoma scura della vecchia casa divenne visibile attraverso i rami degli alberi spogli, mentre percorrevano l'ultima curva.

Luke aggrottò le sopracciglia quando emersero dal viale alberato e si avvicinarono alla casa. «Ma che diavolo?»

Un veicolo coperto di neve era parcheggiato accanto al portico. Sembrava un SUV. La porta d'ingresso della casa era aperta.

Greg grugnì. «Probabilmente ci sono dei ragazzi. Immagino che qualcuno di loro abbia finalmente trovato il coraggio di provare a entrare di nuovo.»

Luke scosse la testa, con i lineamenti tirati in uno sguardo di estrema incredulità. «In una notte come questa? Quanto cazzo sono stupidi?»

Greg si avvicinò al SUV e parcheggiò la Wrangler. «Devo sottolineare la profonda ironia insita in questa domanda?»

Luke trasalì. «Beh, d'accordo, non è la cosa più brillante che abbiamo mai fatto, ma almeno abbiamo una ragione legittima per essere qui.»

«Incendio doloso?»

«Sì.»

Greg ridacchiò. «Prendimi la birra, per favore. Credo che la legge potrebbe avere da ridire sulla tua definizione della parola 'legittimo'. Come procediamo?»

Luke gli passò un'altra birra. Un brivido lo attraversò mentre fissava la porta aperta della sua casa d'infanzia. Non l'aveva più attraversata dalla notte in cui era corso via urlando. C'era una sensazione surreale nell'essere di nuovo lì dopo tutto quel tempo. A parte le finestre sbarrate, l'esterno della casa sembrava più o meno lo stesso di quando ci viveva lui, almeno di notte, nella neve che turbinava. Forse la luce del giorno l'avrebbe rivelata come la baracca abbandonata che era in realtà.

Greg aprì la sua birra e ne bevve un po'. «Luke? Mi senti? Cosa vuoi fare?»

Lui emise un respiro agitato. «Prima li mandiamo via, credo. Poi facciamo quello per cui siamo venuti.»

La fronte di Greg si aggrottò di nuovo mentre si grattava il mento frusciante e ci pensava su. «Non lo so. Più tardi, quando sapranno che il posto è stato ridotto in cenere, potrebbero spifferare di averci visto quassù, e allora forse la polizia lo verrà a sapere e vorrà scambiare due parole con loro.»

Luke scosse la testa. «E finire nei guai per violazione di domicilio? No, credo che se lo terranno per sé. E anche se non lo facessero e la cosa si ritorcesse contro di noi, fanculo, mi prendo io la colpa di questa cosa. Giurerò di essere stato quassù con qualcun altro.»

Greg inclinò la testa all'indietro e mandò giù il resto della birra, ruttando rumorosamente quando, qualche istante dopo, schiacciò la lattina. «Cazzo allora, facciamolo.»

Gettò la lattina sul retro.

Poi scese dalla jeep.

Luke finì la sua birra e scese anche lui.

La neve scricchiolava sotto i loro stivali mentre si avvicinavano al SUV. Solo la parte superiore del veicolo era innevata. Ora che erano vicini, Luke poté vedere che la vernice era di un rosso acceso. Greg tolse la neve dal cofano, si sfilò un guanto e mise una mano sul metallo.

«È ancora un po' caldo. Non possono essere qui da molto.»

Fissarono per un attimo la porta d'ingresso aperta.

Greg lanciò un'occhiata a Luke. «Vogliamo entrare o proviamo prima a chiamarli a gran voce?»

Luke ci pensò. «Proviamo a urlare.»

Greg annuì. «Aspetta un attimo. Devo smaltire un po' di quello che ho bevuto.»

Si posizionò davanti alla ruota anteriore sinistra del SUV, si abbassò la cerniera, tirò fuori il suo uccello ed emise un forte gemito di sollievo quando un denso getto di urina iniziò a schizzare contro il cerchione. Luke non poté fare a meno di sorridere. I piccoli bastardi trasgressori si meritavano di avere il SUV imbrattato di piscio. Rendendosi conto che anche la sua vescica era piuttosto gonfia, diede il suo contributo alla nobile causa contro un altro pneumatico. Entrambi stavano ancora ridendo quando si allontanarono barcollando dal veicolo.

Luke sapeva che si stavano comportando in modo piuttosto infantile. Un uomo della sua età non poteva divertirsi facendo quelle stronzate. Invece poteva eccome, si stava divertendo un casino. Era colpito dal fatto che poche ore prima voleva suicidarsi e ora aveva voglia di riscattarsi. E dovette ancora una volta interrogarsi sulla svolta inaspettata che il destino aveva impresso alla sua strada. Era davvero solo un caso o c'era qualcosa di più grande e inspiegabile?

Ancora non lo sapeva, probabilmente non lo avrebbe mai saputo. E, comunque, era una domanda che era meglio conservare per dopo, quando sarebbe stato di nuovo sobrio.

Greg si fermò a pochi metri dai gradini del portico e si portò le mani alla bocca. «Ciao! Ciao! Stronzetti! Sono arrivati gli adulti! È ora di portare le chiappe fuori di lì prima che entriamo e vi cacciamo a calci in culo!»

Luke rise.

Poi si mise le mani intorno alla bocca e cominciò a urlare anche lui.

9

Mentre Simone riacquistava lentamente coscienza, immaginò di sentire delle voci che la chiamavano da lontano. Nella sua testa, erano le voci dei suoi genitori, che chiamavano lei e i suoi fratelli a scendere la mattina di Natale per aprire i regali. Ma era una sciocchezza. Non era più una bambina. Inoltre, mentre i suoi occhi cominciavano a schiudersi, percepì qualcos'altro, una sorta di forte aggressività molto diversa dall'amore dei suoi genitori.

Gli occhi si aprirono nel buio.

All'inizio le sfuggì la consapevolezza di dove si trovasse e di cosa fosse successo. Sapeva solo di essere distesa sulla schiena in uno spazio senza luce. Il pavimento sotto di lei era duro e irregolare. Probabilmente era di legno. Poi fece una smorfia e gridò debolmente quando una fitta di dolore le attraversò la testa. Alzò una mano tremante per toccarsi una tempia e le sue dita si bagnarono.

Oh, no.

Si portò la mano alla bocca e assaggiò ciò che aveva sulla punta delle dita.

Sangue.

Una quantità allarmante di sangue, a dire il vero. Era caduta e aveva battuto la testa abbastanza forte da rimanere incosciente per una quantità indefinita di tempo. Potevano essere minuti o ore, non ne aveva idea. Alzando la voce, chiese debolmente aiuto. Non sapeva dove si trovasse o chi potesse essere nelle vicinanze, ma doveva esserci qualcuno in grado di aiutarla.

In un attimo, una risposta arrivò da qualche altra parte nell'oscurità, sotto forma di una risatina femminile.

E poi una voce bassa e graffiante: «*Bentornata all'inferno, troia.*»

Tutto le tornò in mente in pochi secondi.

Era Karen. C'era qualcosa che non andava in lei. Qualcosa di molto, molto sbagliato. O stava continuando uno scherzo molto crudele o era posseduta da qualcosa, uno spirito maligno o un demone. Nuovi ricordi le suggerirono che la seconda ipotesi fosse molto più probabile. L'immagine della testa di Terry che lasciava il corpo e cadeva lungo il corridoio la fece scattare e sedere, incurante della nuova scossa di dolore che le provocò.

Percepì un movimento nel buio.

La cosa che possedeva il corpo di Karen stava venendo verso di lei. Cercò di allontanarsi, ma la sua schiena incontrò qualcosa di rigido, forse la sponda di un letto o qualsiasi cosa avesse urtato nella caduta. Prima che potesse tentare di alzarsi in piedi e aggirare l'ostacolo, sentì le mani di Karen su di lei, scivolarono sulle gambe e raggiunsero l'interno del giubbotto per palparle i seni.

Simone urlò e allontanò le mani.

«Vattene!»

Altre risatine femminili. In un attimo, le mani fredde di Karen furono di nuovo su di lei. Simone la spinse via, si alzò in piedi e scalciò nella sua direzione. Invece di colpire il corpo morbido dell'amica, il suo piede fu intrappolato in una morsa spietata. Urlò e cercò di liberarlo, ma fu tutto inutile.

Provò a ragionare con la sua avversaria. «Karen, so che sei lì dentro da qualche parte. Per favore, combatti contro qualsiasi cosa ti abbia posseduto e lasciami andare.»

Ci fu un breve silenzio.

Poi le mani che le afferravano il piede lo strattonarono con violenza. Simone cadde sul pavimento, atterrando con forza sul culo. L'impatto le provocò un'altra scossa di dolore che le attraversò la schiena e le fece bruciare di dolore nuovamente la ferita alla testa. Ma non era il momento adatto per piagnucolare per qualche ferita. Poteva fare la differenza tra la vita e la morte.

Anche se Simone non riusciva ancora a vederla – non riusciva a vedere nulla – percepì che Karen era ormai in piedi.

L'altra ragazza iniziò a trascinarla sul pavimento. Simone non sapeva cosa avesse in mente, ma era sicura del fatto che voleva farle del male. Quel demone con il vestito da Babbo Natale era ancora in giro da qualche parte. Forse la stava portando da lui. Disperata, Simone afferrò le assi sconnesse del pavimento, con le dita guantate che cercavano un appiglio, ma continuavano a scivolare sul legno.

Era stata trascinata per diversi metri quando, allungando il braccio sinistro, sentì le dita sfiorare i lineamenti di quello che sembrava un volto umano. Quindi c'era un'altra persona con lei, qualcuno di immobile sul pavimento. Poteva essere solo Spence o Bradley. Il suo palmo si avvicinò alla bocca della persona avvolta dal buio. Il guanto che le copriva la mano rendeva impossibile dirlo con certezza, ma chiunque fosse non sembrava respirare. Vista la posizione del cadavere rispetto al punto in cui pensava si trovasse la porta, era la cosa su cui era inciampata dopo che era entrata di corsa nella stanza. La sua mano si staccò da quel corpo senza vita mentre veniva trascinata con forza verso la porta.

«Karen, ti prego, fermati» disse, con la voce che si incrinava leggermente sull'ultima parola. «Dove mi stai portando?»

Un'altra risatina.

«A trovare papà. Sei stata una bambina cattiva e lui deve punirti. Proprio come ha punito me.»

Simone suppose che "papà" fosse il ghoul dall'aspetto mostruoso con il vestito da Babbo Natale. Un gemito di angoscia le sfuggì dalle labbra tremanti. «Ti prego, non farlo.»

La cosa che controllava il corpo di Karen emise un sibilo gutturale. «Non dovresti piagnucolare così. Farai solo arrabbiare ancora di più papà. Devi smettere di piangere e prendere la tua medicina come una bambina grande.»

Simone cercò di rotolare con forza su un lato nel tentativo di allentare la presa della creatura su di lei. Non ci riuscì, ma si aggrappò alla gamba del corpo immobile accanto a sé. La creatura strinse la presa sulle sue caviglie e la sollevò con tutte le forze, trascinandola per un altro paio di metri lungo il pavimento. La mano di Simone scivolò più in basso lungo la gamba, senza riuscire a trovare un punto d'appoggio, finché le sue dita non si chiusero intorno alla caviglia del cadavere. Si aggrappò il più possibile e finalmente il demone Karen emise un grugnito di disperazione.

«*Lascia andare quel morto, brutta puttana*» disse la creatura sibilando con quel tono sinistro e spaventoso che aveva usato prima di parlare con la voce normale della sua amica. «*A papà non piace quando i suoi figli fanno i capricci, stronza del cazzo.*»

Invece di lasciare la presa, Simone rotolò di nuovo con forza verso sinistra e agguantò con l'altra mano la gamba che ora sapeva appartenere a Spence. Lo aveva capito dal modo in cui i risvolti dei jeans erano infilati negli stivali. Bradley indossava stivali simili, ma portava i pantaloni in modo diverso. Provò una forte sensazione di smarrimento nel sapere che il suo ragazzo era morto. Il dolore fu più profondo di quanto si sarebbe aspettata, facendole dimenticare tutti i problemi che avevano. Pensò a quanto la madre avesse amato il suo unico figlio – molto più di quanto Simone avesse mai fatto, lo sapeva – e immaginò l'espressione della dolce vecchietta quando avrebbe scoperto che era morto.

A quel pensiero si sentì riempire di rabbia.

Ma quella rabbia scomparve un attimo dopo, quando la cosa che possedeva Karen le urlò contro, un suono gracchiante e acuto, più simile a quello di un insetto che a quello di un essere umano. Era simile in modo inquietante al fruscio stridulo emesso dalle cicale in piena estate. Era come se le avessero conficcato ripetutamente degli aghi nei timpani. Un rumore assordante e doloroso che spazzava via ogni cosa dalla sua mente.

E poi si fermò. «Bene» disse la creatura, tornando di nuovo a usare la voce normale di Karen. «Se non vuoi venire da papà, allora sarà papà a venire da te.»

Lasciò la presa sulle sue caviglie e si allontanò silenziosamente. Un attimo dopo, Simone sentì uno scatto mentre la serratura della porta veniva chiusa. I cardini cigolarono. Lasciò la gamba del fidanzato morto e si mise in piedi. Non aveva tempo da perdere.

Con il fiatone rivolse la sua attenzione in direzione della porta, rimase un attimo a chiedersi come avrebbe potuto difendersi. Era ancora con le spalle al muro e non poteva andare da nessuna parte, se non nel corridoio, il che non era affatto un'opzione, non con quello che l'aspettava là fuori. Le assi alle finestre non le consentivano di uscire da lì. Poteva forse strisciare sotto il letto, ma avrebbe solo ritardato l'inevitabile. No, doveva restare davanti alla porta e combattere in qualche modo contro quei cazzo di demoni o qualunque cosa fossero. Ma il modo in cui farlo le sfuggiva. Gli esseri che avevano fatto fuori i suoi amici erano manifestazioni terrene di una forza maligna primordiale. Erano più forti di lei, senza dubbio. Non aveva alcuna speranza di sconfiggerli, ma forse poteva inventarsi qualcosa.

Tuttavia, ci sarebbe voluta molta fortuna e più di un po' di coraggio. Inoltre, le serviva una specie di arma per difendersi. Qualcosa che potesse usare per respingerli abbastanza a lungo da poterli aggirare per poi fuggire dalla casa. Ma cosa avrebbe potuto usare era un altro grande punto interrogativo. Il fatto di non riuscire a vedere un bel niente in quel buio assoluto non l'aiutava di certo.

Poi le venne in mente qualcosa.

Si inginocchiò e tastò il pavimento finché non trovò di nuovo il corpo di Spence. Tastando i suoi jeans, trovò il telefono nella tasca destra del fianco. Lo tirò fuori, sfiorò lo schermo e per poco non gridò di gioia quando si accese. Ma il suo sorriso si spense quando vide l'enorme ferita al centro del petto del suo fidanzato defunto. Anche nella penombra della luce smorta del telefono, era uno spettacolo terrificante. Soffocò un gemito mentre le lacrime iniziarono a rigarle il viso.

Poi sentì delle voci nel corridoio. E dei passi che si avvicinavano.

Non c'è tempo per il lutto. Non ora.

Inserì il codice di sicurezza di Spence e armeggiò con lo schermo, finché non apparve l'icona della torcia. La toccò e una luce intensa si sprigionò dalla lampadina sul retro del telefono. Mormorando una preghiera silenziosa di ringraziamento al povero Terry, ormai bello che morto, per averle ricordato l'utilità di quella funzione, si alzò in piedi e puntò la luce verso la porta aperta.

Per un attimo non vide niente.

Poi la cosa con il vestito da Babbo Natale apparve proprio in mezzo al telaio, con le labbra marce che si contorcevano in una macabra parodia di sorriso. La grande ascia era ancora stretta tra le sue mani, la lama bagnata del sangue dei suoi amici morti. Non aveva ancora visto Bradley, ma immaginava che anche lui non fosse più tra i vivi.

Ci sono solo io, pensò. *Sono l'unica rimasta.*

Ma no, non era del tutto vero. Karen era ancora viva, a quanto pareva, o almeno lo era il suo corpo. Forse la sua coscienza era ancora rinchiusa da qualche parte lì dentro, o forse no, ma Simone non aveva idea di come liberarla da quella prigione e non era esattamente la sua priorità, che era invece quella di salvarsi il culo.

Il Babbo-ghoul entrò nella stanza con un solo passo.

Karen entrò dietro di lui e si spostò a sinistra in un'apparente manovra di accerchiamento. La cosa che abitava il suo corpo le fece allargare la bocca più di quanto avrebbe fatto normalmente, facendo sì che la carne agli angoli si spaccasse e perdesse sangue. Ora scuoteva la testa e parlava di nuovo come una specie di insetto blasfemo. «*Papà non è contento di te. Dice che ci sarebbe andato più piano se fossi venuta da lui di tua spontanea volontà. Ma ora ti taglierà in mille piccoli pezzettini, lurida troietta.*»

Il Babbo Natale ridacchiò e fece un altro passo nella stanza.

Anche Karen si avvicinò.

Simone indietreggiò, facendo attenzione a non sbattere contro il letto. Voleva combattere, ma non sapeva cosa fare o come difendersi.

Poi, proprio mentre si sentiva accerchiata dal male assoluto, si accorse delle voci che echeggiavano da qualche parte all'esterno della casa. Erano le stesse voci che aveva sentito mentre riacquistava la coscienza. Non aveva idea di chi fossero quelle persone, ma l'unico modo per salvarsi il culo era quello di richiamare la loro attenzione.

Indietreggiò di qualche passo.

Poi urlò come non aveva mai fatto in tutta la sua vita.

10

Dopo l'ennesimo urlo a squarciagola i ragazzi non uscirono allo scoperto, così Luke capì che avrebbero dovuto entrare in casa e allontanare gli intrusi con la forza. Non essendo in forma smagliante dopo diversi anni di ozio e sbornie, non vedeva di buon occhio l'idea di fare a botte. Nemmeno Greg era più nel fiore degli anni, anche se non era invecchiato poi così tanto. Alcuni di quei ragazzi potevano essere degli atleti con un fisico di tutto rispetto che non avevano voglia di farsi mettere i piedi in testa da un paio di ubriaconi che avevano superato da un pezzo i trent'anni.

Greg si accigliò quando Luke espresse le sue preoccupazioni. «Oh, non fare la femminuccia. Non sei così vecchio.»

Luke grugnì. «Mi sento vecchio.»

«Ma non lo sei. Sei andato semplicemente in letargo per molto tempo. Ti senti soltanto un cretino che vede la vita dalla prospettiva sbagliata.»

Luke scosse la testa. «Mi sento più vecchio del dovuto, come se avessi il doppio dei miei anni, cazzo.»

«Ti sei lasciato un po' andare. È quello che succede quando un uomo si arrende alla vita, cosa che tu ovviamente hai fatto molto tempo fa. Ma, amico, ho una buona notizia per te. C'è una cosa chiamata esercizio fisico. Dovresti provarla. Ti farà sentire come un uomo nuovo.»

Ora era Luke a essere accigliato. «Stai facendo un'audizione per diventare il mio cazzo di life coach o cosa? Cristo santo.»

Greg alzò le spalle. «Forse ne hai bisogno.»

«E tu sei proprio l'uomo giusto per questo lavoro.»

«Vedi qualcun altro che si offre volontario?»

Luke sospirò. «Fanculo, come vuoi.» Fece un passo traballante verso la casa. «Tiriamo fuori quegli stronzetti e facciamola finita. Fa un freddo cane qui fuori. Forse non te ne sei accorto.»

Greg lo afferrò per un gomito. «Aspetta un attimo. Non hai tutti i torti. Dovremmo riflettere un po' prima di fiondarci dentro la casa. Hai un'aria da ubriaco, che di solito non favorisce il successo di una scazzottata.»

Luke tirò un respiro esasperato. «Amico, deciditi. Prima sei tutto entusiasta di andare lì e spaccare qualche culo, ora pensi che sia una cattiva idea.»

Greg rise. «Hai frainteso il mio punto di vista. Sto dicendo che dobbiamo entrare e fare quello che dobbiamo fare. Sto anche dicendo che prima dovremmo ricaricarci con un'altra birra.»

Luke lo squadrò, lasciando passare un momento di silenzio.

«Quindi... il problema, secondo te, è che sono troppo ubriaco. E la soluzione è che dovrei bere più birra.»

L'espressione di Greg divenne fintamente solenne mentre annuiva. «È più o meno così.»

«Non ha un cazzo di senso.»

«Sì? E allora?»

«Ottima osservazione.»

Tornarono verso la jeep, arrancando nella neve sempre più fitta. Luke aprì la portiera del lato passeggero, prese due lattine di Bud dal cartone e ne passò una a Greg. Aprirono le linguette delle lattine e tracannarono un po' di birra, che era ancora gelida grazie alla nevicata. Andò giù in fretta. Entrambi convennero che probabilmente era meglio berne un'altra. Erano a metà di quelle birre quando decisero di riprendere la missione punitiva, prima tentarono sfoderando altre urla impazzite da ubriaconi fradici. Non aveva funzionato prima, ma forse la seconda volta sarebbe stata quella buona.

Dopo poco sentirono un urlo di terrore in risposta. Veniva dalla casa. La seconda lattina di Bud di Luke gli scivolò dalle dita e affondò nella neve ai suoi piedi.

Gli uomini si scambiarono uno sguardo.

Luke disse: «Non è un buon segno, amico.»

Greg non disse nulla. Tutto l'umorismo era svanito. Gettò a terra la birra e aprì il portabagagli. Tornò da Luke con un vecchio piede di porco, una mazza da baseball in alluminio e una grossa torcia Maglite.

Tese gli attrezzi e disse: «Che arma scegli?»

«Non possiamo chiamare la polizia?»

Dalla casa uscì un altro urlo angosciante.

«Non credo ci sia tempo per farlo.»

Luke dovette ammettere che aveva ragione. Valutò le scelte di fronte a lui. Il piede di porco non era male, ma la mazza era più grande e aveva una portata maggiore. D'altra parte poteva ostacolarlo negli scontri in spazi angusti. Il piede di porco aveva anche un'estremità appuntita. Era perfetto.

Prese quello.

Greg si accigliò. «Dannazione.»

«Ehi, mi hai dato la possibilità di scegliere. Prendi la mazza e la torcia se la vuoi.»

Greg fece finta di niente e si avviò verso la casa, accendendo la torcia mentre si avvicinava al portico. Aveva quella nella mano sinistra e la mazza nella destra. Salì sul portico, con la mazza appoggiata sulla spalla. Si muoveva velocemente e Luke si affrettò a raggiungerlo, seguendolo senza esitazione alla porta d'ingresso. Attraversarono l'atrio e poi, passando per l'ampio arco a sinistra, il soggiorno.

Luke fu scosso da un'ondata di ricordi ed emozioni a lungo repressi mentre il potente fascio di luce della lampada Maglite spaziava nella stanza. Alcuni dei momenti più belli della sua vita li aveva trascorsi proprio lì, molti dei quali seduto sul vecchio divano con i fratelli mentre guardavano i film sul grande televisore o aprivano i regali di Natale. Ma era anche il luogo in cui la sua vita era stata distrutta, il teatro di tutta la sua tragica esistenza. Quella sera, mentre correva fuori dalla porta, aveva visto la testa mozzata della sorellina rotolare sul pavimento.

Ma quello era il passato.

Le urla continuavano. Si sentiva un forte rumore provenire da qualche parte al piano di sopra. Qualcuno era decisamente in pericolo di vita. Una ragazza o una donna, a giudicare dal timbro della voce. Non poteva permettere che i ricordi del suo tragico passato lo rendessero incapace di agire, non mentre qualcuno nel presente aveva bisogno del suo aiuto.

Raggiunsero le scale.

Greg iniziò a salire i gradini. Scricchiolavano forte sotto ogni suo passo. Il rumore sinistro del legno spezzato riverberò per la casa. Quel posto era una catapecchia fatiscente e pericolosa. Potevano cadere e farsi male sul serio. Ma non importava, non mentre qualcuno sembrava essere così dannatamente in pericolo di vita. Qualcuno aveva bisogno del loro aiuto. Nessuno poteva salvarla, non c'erano poliziotti o altri soccorritori. Quella notte erano loro gli eroi.

Non appena ebbe salito tre gradini Luke percepì un rumore alle sue spalle. Si girò sulle scale e urlò di paura quando intravide un'ombra che avanzava verso di lui. La Maglite era puntata nell'altra direzione, in alto anziché verso il basso, quindi, non fu in grado di vedere per bene la cosa nel buio, rischiarata appena da tenui bagliori.

«Greg!»

Lui smise di salire le scale. «Qualcosa non va?»

«Punta quella cazzo di luce qui sotto, per favore.»

Sentì Greg muoversi sopra di lui di qualche gradino. Pochi secondi dopo, il fascio della Maglite illuminò il volto di un giovane uomo. Aveva i tratti delicati di un adolescente – qualcuno che probabilmente frequentava il primo o il secondo anno di liceo – ma era davvero alto. Sembrava un atleta, forse un giocatore di football.

I gradini si incrinarono di nuovo quando Greg iniziò a scendere. Da qualche parte al piano di sopra la ragazza stava ancora urlando. Ci furono altri rumori, tonfi o qualcuno che andava a sbattere contro un muro o il pavimento. La ragazza aveva bisogno del loro aiuto. Non c'era più tempo. Luke avrebbe voluto dire a Greg di soccorrere la ragazza e di lasciare a lui il ragazzo, ma non riuscì a proferire una singola parola.

L'adolescente salì un altro gradino.

Rimaneva solo uno scalino vuoto tra loro.

La presa di Luke si strinse intorno al piede di porco. In parte per avere un'impugnatura sicura sull'arma nel caso ne avesse avuto bisogno, ma anche per fermare il tremolio della sua mano. Era terrorizzato. Non era la corporatura robusta del ragazzo a intimidirlo. Anche una persona molto forte poteva essere abbattuta abbastanza rapidamente da un colpo in testa con un bel pezzo di metallo. Ciò che lo inquietava sul serio erano due cose: gli schizzi di sangue sul viso e sui vestiti e l'espressione assente e vuota degli occhi, che lo facevano sembrare un guscio senz'anima anziché un vero e proprio essere umano.

«Stai indietro, ragazzo. Non voglio farti del male.»

L'espressione piatta si trasformò lievemente e un angolo della bocca del ragazzo si sollevò in un ghigno. «*Papà ha un messaggio per te.*»

Le parole furono pronunciate con una voce che sembrava a malapena umana. Era viscida e sinistra, come Luke immaginava quella di un serpente se fosse stato in grado di parlare.

La voce di Greg emerse dall'oscurità: «Che cosa ha detto?»

Luke non rispose. Era troppo concentrato su quello sguardo freddo e vuoto.

«*Papà è così contento che tu sia tornato a casa, Luke*» disse il ragazzo con lo stesso tono sibilante. «*E mi ha detto di dirti che questa volta non riuscirai a scappare.*»

La voce di Greg si fece sentire di nuovo. Luke non riusciva ancora a parlare. Tuttavia, alzò un piede con l'intenzione di salire di un gradino per mettere un po' più di distanza tra sé e quel giovane chiaramente squilibrato. Anche se era sicuro che quel tipo non fosse impazzito. C'era qualcosa di ultraterreno. Quella voce non era affatto naturale. Altrimenti come poteva un completo sconosciuto sibilare il suo nome? Per non parlare del fatto che aveva accennato a suo padre. Ripensò alle storie di fantasmi che aveva sentito al Sal's Place.

Forse erano vere, dopo tutto. Forse la sua casa d'infanzia era davvero infestata.

Forse...

Il sibilo emesso dalla bocca allentata del ragazzo si trasformò in un ruggito furioso mentre si fiondava su Luke con le braccia aperte.

Lui reagì col puro istinto. Girò la mano che impugnava il piede di porco verso il basso, posizionandolo in modo che l'estremità affilata fosse rivolta verso l'assalitore.

Il ragazzo ormai si era lanciato in avanti, e venne impalato dallo spuntone del piede di porco.

Il ruggito furioso divenne un urlo di agonia.

«Merda. Porca puttana.»

Ancora Greg.

E poi Luke trovò finalmente la voce. «Vai di sopra prima che sia troppo tardi. Vengo subito.»

Greg non perse tempo e si precipitò su per le scale.

Il ragazzo aveva diversi centimetri di acciaio conficcati dentro di sé, appena sotto la cassa toracica. I suoi lamenti di agonia vennero rigati da lacrime di dolore, poi il volto iniziò a tremare come se fosse in preda alle convulsioni. Il suo sguardo diventava sempre più freddo e vuoto. Man mano che il sangue sgorgava dalla ferita il suo aspetto tornava più umano. Forse respirava ancora, ma la sua anima era morta da tempo.

Luke si sentiva in colpa. Non aveva intenzione di ucciderlo. Ma ora non c'era tempo per quei pensieri. Doveva andare dal suo amico e aiutarlo a combattere contro qualsiasi cosa stesse assalendo la ragazza.

«Mi dispiace, ragazzo.»

Appoggiò una mano sul petto e gli diede uno spintone. Quello ruzzolò all'indietro e lo spuntone del piede di porco gli uscì dal petto con un umido *plop*. Luke stava già correndo su per le scale quando il corpo colpì il pavimento sottostante con un tonfo vischioso.

Poi si trovò nel corridoio del piano superiore. La porta della sua vecchia camera da letto era poco più avanti sulla destra. Era aperta. Ma i rumori di lotta provenivano dalla fine del corridoio, nella grande camera da letto principale dove un tempo i suoi genitori avevano condiviso il letto. Intravide Greg che spariva dalla porta con la sua Maglite e la mazza da baseball.

Luke si affrettò a raggiungerlo.

Una volta raggiunto il fondo del corridoio, attraversò di corsa la porta e si fermò bruscamente appena dentro la stanza. La Maglite era sul pavimento. Luke immaginò che Greg l'avesse lasciata cadere per maneggiare meglio la mazza. Il fascio di luce della torcia era puntato ai piedi del letto.

Non c'era traccia della ragazza che urlava, anche se poteva ancora sentire i gemiti della sua paura angosciante. All'inizio non vide nessun altro, oltre a Greg, che era in piedi a lato del letto con la mazza da baseball sollevata sopra le spalle, pronto a sferrare un colpo a... qualcosa.

Luke si chinò per prendere la torcia. Spostò il fascio di luce a sinistra, puntandolo sul pavimento, mentre Greg abbatteva la mazza con un violento arco verso il basso. Il raggio rivelò il mezzo busto di una persona che sembrava annaspare sotto il letto. Luke vide due gambe vestite con logori pantaloni rossi. Fu allora che capì, almeno in parte. La ragazza era sotto il letto e il tizio voleva prenderla.

La mazza colpì con violenza le gambe dell'assalitore. Greg sferrò il colpo con tutta la forza di cui era capace, Luke ne era sicuro, ma dalla bocca dell'uomo con i pantaloni rossi non uscì un urlo di dolore ma di disarmante disprezzo. Greg sollevò l'arma e diede una nuova potente mazzata. Seguì il rumore sordo delle ossa spezzate. Luke si accorse troppo tardi che anche dall'altro lato del letto qualcuno stava lottando. Spostò il fascio di luce della Maglite in quella direzione e vide un altro paio di gambe che sporgevano da sotto il letto. Le gambe formose e toniche di una giovane ragazza. Le si vedevano pure le chiappe nude. Anche lei stava cercando di raggiungere la ragazza sotto il letto, che continuava a strillare con tutto il fiato che aveva in gola.

Credendo di poter gestire la tizia nuda senza un'arma, lanciò il piede di porco sul letto e si mise la torcia sotto l'ascella per poi inginocchiarsi e afferrarle le caviglie. Strinse i denti e con i piedi ben saldi cominciò a tirarla fuori da sotto il letto. La ragazza nuda si dimenò e scalciò con furia pur di liberarsi dalla sua presa. Ma Luke con tutta la sua forza riuscì a non farsela sfuggire e continuò a strattonarla.

Con un ultimo sforzo la scalzò da sotto il letto, poi le piantò un ginocchio sulla schiena per immobilizzarla. Finalmente si sporse sotto il letto per vedere la ragazza in pericolo. La torcia rivelò il volto impaurito di una bella bionda. Come quella che aveva appena placcato, sembrava avere circa diciotto anni.

Riuscì anche a vedere il volto dell'uomo che Greg stava colpendo ripetutamente con la sua mazza. Ma "uomo" non era la parola giusta. Era una specie di bestia, una creatura delle tenebre mascherata da essere umano. Sembrava deforme e corrotta anche nel corpo da un male assoluto. La carne era annerita e sembrava putrescente e rinsecchita come il cuoio. Sembrava una mummia di marciume. Gli occhi erano sfere rosso sangue. Non c'era nulla in quell'abominio che sembrasse umano. Eppure Luke percepì un qualcosa di sottilmente familiare in quei lineamenti brutalmente distorti.

La mazza si alzò e si abbatté ancora e ancora, polverizzando le ossa, ma il ghoul putrefatto nel costume da Babbo Natale sembrava ignaro dell'assalto brutale di Greg. Le sue labbra marce si ritrassero per mostrare un esercito di denti giallastri che sporgevano da gengive sanguinolente.

«*Bentornato a casa, figliolo*» disse. «*Ora striscia qui da papà, così potrò finalmente finire il lavoro che ho iniziato tanto tempo fa.*»

Luke sentì qualcosa di oscuro e freddo scivolare dentro di lui e avvinghiarsi intorno al suo cuore. Una fitta dolorosa gli attanagliava il petto. I ricordi di dieci anni prima lo assalirono di nuovo. Nella sua testa piombarono mille immagini di quella vecchia strage, corpi e nient'altro che corpi maciullati. La fuga rocambolesca verso la salvezza, le urla nella notte più nera.

Vedendo uno spiraglio di salvezza, la ragazza intrappolata sotto il letto uscì di corsa, e corse fuori dalla stanza. Luke la sentì scalpitare lungo il corridoio e poi correre giù per le scale. Poi un urlo riecheggiò per tutta la casa e seguì un altro tonfo. Luke immaginò che fosse inciampata sul cadavere in fondo alle scale.

Per fortuna non era in pericolo. Certo, probabilmente sarebbe rimasta traumatizzata a vita, ma era ancora in tempo per salvarsi la pelle. Non male per due ubriaconi. Lui e Greg avevano fatto qualcosa di buono. Avevano salvato la vita di un'innocente.

«Greg, prendi l'altra ragazza e vattene.»

Lui smise di brandire la mazza. «Cosa?»

«Mi hai sentito. Prendila e vattene.»

Greg grugnì. «Nessun problema, cazzo. Ma tu vieni con me, *amigo*.»

«No, non vengo. Devo restare qui e lasciare che mio padre finisca quello che ha iniziato. È l'unico modo in cui tutto questo può finire. È il destino. Non avrei mai dovuto vivere.»

La cosa che un tempo era stata suo padre rise sommessamente, un basso brontolio lugubre. Era la risata di un cimitero. «*Bravo ragazzo.*» Allungò una mano nodosa verso Luke. «*Vieni da papà.*»

«Fanculo. Fanculo *a tutto* questo.»

I piedi di Greg colpirono il pavimento mentre si fiondava velocemente dall'altro lato del letto. Afferrando il cappotto di Luke per il colletto, lo tirò in piedi e lo spinse verso la porta.

«Muoviti. Ci sono io con te.»

Luke inciampò su un'asse marcia del pavimento e andò a sbattere contro lo spigolo dello stipite. In qualche modo riuscì a tenere tra le mani la torcia di Greg. Un fascio di luce illuminò il letto e Luke vide qualcosa che non avrebbe mai voluto vedere. Suo padre era finalmente uscito da sotto il letto, ora si reggeva sulle sue gambe spezzate e maciullate in più punti. Ossa nere sporgevano come aculei insanguinati dalla carne marcia del suo corpo e dai pantaloni logori da Babbo Natale.

Silas Herzinger – o, meglio, la creatura che un tempo era stata quell'uomo – barcollò verso Greg, che al momento gli dava le spalle. Cominciò a sollevare l'ascia pesante stretta nelle sue mani mostruose. Luke aprì la bocca per gridare a Greg di stare attento, ma il terrore gli soffocò le parole. L'amico era spacciato.

In qualche modo, però, Greg percepì la furia omicida del mostro e si girò in tempo per alzare la mazza e deviare la lama. La parata gli salvò la vita, ma l'ascia colpì la mazza con una furia impressionante facendola volare dalle sue mani. Silas il ghoul armeggiò nuovamente con l'ascia e si preparò a sferrare un altro fendente a Greg, ormai completamente disarmato. Capendo che il mostro era concentrato soltanto su di lui, Luke prese coraggio per aiutare il suo amico in pericolo di vita.

Si allontanò dallo stipite della porta e spiccò un balzo verso la creatura, colpendola con la spalla al torace. L'impatto fece perdere l'equilibrio alla carcassa marcescente e padre e figlio caddero sul pavimento. Luke sentì l'ascia colpire il pavimento con un pesante tonfo mentre scivolava dalla presa della creatura. Ringhiando di rabbia, Silas gli artigliò il viso con le sue mani nere e in decomposizione. Un'unghia tracciò un solco sanguinoso lungo un lato del viso di Luke. Ma lui aveva il vantaggio del peso, essendo finito sopra alla creatura. Era anche riuscito a tenere la Maglite. Allora incanalò tutte le sue energie, sollevò in alto il braccio e sferrò un colpo alla testa con la pesante torcia.

La cosa ululò di dolore e di nuova furia quando il colpo le frantumò la mascella. Si scagliò di nuovo contro Luke con le sue unghie simili ad artigli, tracciando un'altra linea di fuoco rovente al centro del suo viso. Il sangue sgorgò copiosamente dallo sfregio e gli colò nella bocca. Ma ignorò il dolore e riprese a brandire la torcia. Questa volta i pezzi di carne e di tendini marci che tenevano in posizione la mascella frantumata cedettero. La mandibola volò via e andò a sbattere sul pavimento. Ora che mancava la metà inferiore della faccia, il cuneo nero di carne morta che era la lingua della creatura si contorceva sibilando verso di lui.

Ripresosi dal disgusto, Luke distolse lo sguardo e notò l'ascia finita sul pavimento. L'afferrò per il manico, si alzò in piedi e gettò la Maglite sul letto. La situazione era andata del tutto a puttane. Greg e l'altra ragazza stavano lottando e Luke non ci aveva fatto nemmeno caso mentre era alle prese con Silas. La torcia illuminò per un attimo le due figure che ringhiavano e grugnivano mentre si contorcevano in uno scontro.

Silas si alzò a sedere. La sua lingua nera e serpentiforme sibilò verso di lui.

Strinse nuovamente l'ascia con le mani, poi Luke la sollevò in alto sopra la sua testa. «*Stai giù, brutto pezzo di merda!*»

Urlò mentre abbatteva l'ascia con tutta la sua forza, la pesante lama si conficcò nel nero cranio del mostro non morto. Appoggiando un piede contro il suo petto raggrinzito, estrasse l'ascia e scagliò un nuovo fendente, in modo che la lama tagliasse il collo. La testa si staccò dalle spalle e volò via. Luke la sentì sbattere contro un muro e cadere a terra.

In qualche modo, però, il resto del corpo rimase animato.

Dita nere si protesero verso di lui.

Urlando di nuovo, Luke brandì l'ascia e la conficcò nel petto della cosa. Subito dopo la tirò fuori e colpì di nuovo. Continuò a urlare e a brandire l'ascia, colpendo la carcassa vestita di rosso un numero infinito di volte. Quando la mano di Greg si posò sulla sua spalla e gli impedì di sferrare l'ennesimo colpo, il mostro sul pavimento era ridotto in pezzi irriconoscibili.

Mentre Luke ansimava per riprendersi dalla sua furia, i resti del mostro cominciarono a dissolversi, anche i brandelli del costume di Babbo Natale si disintegrarono nel nulla. Non rimase nient'altro che un mucchio di polvere tra le assi del pavimento. Tutto quello che era appena successo non aveva alcun senso in un mondo normale in cui regnava la logica. Ma Luke sapeva cosa aveva visto.

Era qualcosa di orribile e di fin troppo reale.

Aveva lottato con il fantasma di suo padre e aveva vinto. O forse era stato suo padre solo in parte. Forse nella morte l'oscurità del genitore era diventata qualcosa di più simile a una forza primordiale del male. Non lo sapeva. Non era esattamente un esperto di cose soprannaturali. Non sapeva nemmeno se lo avesse davvero sconfitto per sempre. Forse l'aveva soltanto scacciato per un po', e a lui non restava altro che godersi qualche momento di pace prima che tornasse a distruggergli la vita.

Poi sentì i singhiozzi dell'altra ragazza. A quanto pareva, non era più posseduta. Immaginò che distruggendo il corpo di Silas aveva posto fine alla sua influenza sulla mente di lei. La tipa non smetteva di borbottare il nome "Spence", a ogni sillaba poteva sentire un'angoscia senza fine nella sua voce. Probabilmente Spence era il tizio morto sul pavimento. Magari era stato il suo ragazzo.

Greg esalò un respiro e disse: «Andiamocene da qui, cazzo.»

Luke annuì.

Non aveva nulla da obiettare.

Insieme aiutarono la ragazza ad alzarsi e la guidarono fuori dalla stanza. I suoi singhiozzi si attenuarono un po' mentre percorrevano il corridoio buio fino alle scale. Quando arrivarono al piano di sotto e lei vide il corpo dell'altro ragazzo, lanciò un nuovo urlo di terrore. Ora aveva iniziato a balbettare "Bradley". Era difficile valutare per quale morte fosse più dispiaciuta, ma a Luke era sembrata più affranta per Spence.

La bella bionda che era fuggita dalla casa ora stava in mezzo alla neve, che non aveva minimamente smesso di cadere. Nel frattempo Greg aveva avvolto la ragazza nuda nel suo cappotto e la teneva tra le braccia.

Quando la vide, la bionda aggrottò le sopracciglia. «È ancora posseduta?»

Luke scosse la testa. «No. Qualunque cosa l'abbia posseduta, se n'è andata. È finita.»

Spero, aggiunse in silenzio.

Greg mise l'altra ragazza nel retro della Wrangler, chiuse la portiera e guardò Luke. «Sei pronto ad andartene da qui?»

Lui ci pensò su.

Si allontanò da Greg e guardò la sua vecchia casa. C'erano stati dei bei momenti tra quelle pareti impregnate di sangue, ma ora sembravano così lontani che potevano anche essere accaduti in un'altra vita o forse non erano mai del tutto esistiti.

Quel posto, la sua vecchia casa, era il ricordo di un orrore senza fine. Ripensò al modo in cui Silas si era trasformato così rapidamente in polvere, ripensò anche alle storie in cui si raccontava che diventava un'entità corporea solo ogni vigilia di Natale.

C'era solo un modo per porre veramente fine al dolore che impregnava il terreno di Haunted Hill.

Dovevano distruggere la casa del male.

Luke guardò Greg. «Diamole fuoco.»

Greg disse che gli dispiaceva per i corpi che erano ancora all'interno. Dopo tutto quei ragazzi avevano una famiglia, e i loro cari avrebbero voluto dare una degna sepoltura a tutti loro. Avrebbe voluto recuperare i cadaveri prima di bruciare la casa infestata. Se avessero lasciato i corpi mentre la casa bruciava forse ci sarebbero state delle conseguenze legali.

La biondina aggiunse: «Bruciate quella merda e facciamola finita, porca puttana.»

Greg la guardò. «Come ti chiami?»

«Simone Barclay. Il morto nella stanza di sopra era il mio ragazzo, Spence. L'altro ragazzo morto è Bradley, il fidanzato di Karen. La puttana che è qui con noi è proprio Karen. Oh, e c'era Terry, il ragazzo che ha perso la testa nel corridoio.»

Greg si accigliò per il tono irriverente nella sua voce. «Chi era Terry per te? Un amico?»

Simone sorrise. «Più o meno. Più che altro un cagnolino obbediente. Si è sacrificato per salvarmi. In effetti è stato un po' eroico. Un po', non troppo.»

Greg e Luke si scambiarono uno sguardo.

Luke sapeva che stavano pensando essenzialmente la stessa cosa.

'Sta ragazza è proprio una stronza.

Greg si schiarì la gola. «Se bruciamo questo posto, cosa dirai alla polizia di noi?»

Simone alzò le spalle. «Alcuni sconosciuti che passavano di lì hanno visto l'incendio sulla collina e sono venuti a salvarci. Una coppia di neri in un camion. Non hanno detto i loro nomi.»

Luke si accigliò. «Pensi che la tua amica confermerà questa storia?»

«Non è mia amica, non più. Ma, certo, non avrà niente da obbiettare. Perché non dovrebbe confermare la nostra versione? Tanto nessuno ci crederebbe se raccontassimo quello che è successo veramente qui. Diremo che eravamo lì a cazzeggiare quando siamo stati aggrediti da uno psicopatico che poi ha dato fuoco alla casa. I poliziotti della zona sono pigri e stupidi. Se la berranno.»

Greg grugnì. «Sembri molto sicura. Cosa ti rende un'autorità in materia?»

«*Non sono* un'autorità in materia.» Simone sgranò gli occhi. «Ma che opzioni abbiamo? Voglio dire, a meno che non preferiate lasciare in piedi la casa maledetta.»

Nessuno lo voleva. Alla fine, accettarono di correre il rischio.

Il fuoco avvolse la casa in un attimo, le fiamme si levavano già alte nel cielo notturno, mentre la Wrangler si avviava lentamente lungo il viale innevato di Haunted Hill.

Luke aprì una birra e ne passò un'altra a Greg, che beveva mentre guidava con una mano sola. Quando Simone ne chiese una, l'impulso di Luke fu quello di dire di no, ma poi lei fece alcune osservazioni insidiose sul fatto che la sua memoria stava diventando più chiara. Forse, disse, i ragazzi che l'avevano salvata erano in realtà una coppia di uomini bianchi. E forse stavano guidando una Wrangler invece di un camion.

Greg gemette. «La puttanella sa il fatto suo. Dalle una birra.»

Luke gettò all'improvviso una lattina nel retro, sorridendo quando Simone strillò per lo spavento.

Erano quasi arrivati in fondo alla collina quando Luke lanciò un'occhiata all'amico e disse: «Se ti dico una cosa, mi prometti di non ridere?»

Greg lo guardò, inarcando un sopracciglio. «Certo che no, ma dimmela lo stesso.»

Luke sospirò. «Prima continuavo a chiedermi se incontrarti da Sal fosse una specie di intervento divino. Come se tu fossi stato mandato da, non so, Dio o qualcosa del genere per farmi uscire dall'oscurità.»

Passarono alcuni istanti prima che Greg rispondesse. Si mosse un po' sul sedile. Un po' nervosamente, pensò Luke. «Beh, ora che mi ci fai pensare... è una cosa stranissima. Non vado più da Sal. Non spesso, comunque. E di sicuro non in una notte come la vigilia di Natale. Ma avevo questa strana idea in testa che *dovevo* andarci stasera. Più che altro era un'ossessione. Non sapevo perché, ma era una specie di impulso a cui non potevo dire di no. Così sono salito sulla Wrangler e sono andato al bar.»

Luke guardò fuori dal finestrino del lato passeggero la neve che turbinava. «Ed eccoci qui.»

Greg sghignazzò. «Ed eccoci qui, il mio vecchio amico tornato in città per la prima volta dopo dieci fottuti anni.»

Una risatina irritante proruppe dai sedili posteriori. «Cristo Santo!» disse Simone, con il suo sarcasmo. «Alleluia. Dio sia lodato. È un fottuto miracolo di Natale. Beh, se ci dimentichiamo di tutti i morti ammazzati. Ma non importa. Io sto bene. È questo che conta.»

Greg e Luke si scambiarono un altro sguardo.

Santo cielo che bastarda incallita, ma che possiamo farci?

Greg accese la radio quando raggiunsero la strada, sintonizzandola su una stazione AM. La ricezione non era delle migliori, ma la voce di Burl Ives gracchiava dagli altoparlanti della Wrangler. Greg si accontentò e iniziò a canticchiare di gusto. Dopo qualche strofa tutti lo imitarono, anche la ragazza di nome Karen, anche se nel suo caso il suono emergeva tra singhiozzi soffocati.

La canzone era *Holly Jolly Christmas.*

Poi iniziarono a cantare a squarciagola.

Quattro voci risuonarono, riempiendo l'abitacolo della jeep mentre i sopravvissuti di quella notte si allontanavano per sempre dalla dannata Haunted Hill.

L'autore

Bryan Smith è uno scrittore statunitense due volte premio Splatterpunk Award. Tra le sue opere i romanzi *House of Blood* (2004), *Deathbringer* (2006), *The Freakshow* (2007), *Depraved* (2009, e i sequel *The Killing Kind* e *Slowly We Rot*), *Kill for Satan!* (2018), *Invitation to Death* (2020), *The Unseen* (2021), *Suburban Gothic* (2021, scritto con Brian Keene), *The Reborn* (2022) e diversi racconti inclusi in varie antologie.
Per i nostri tipi, oltre alla presente opera abbiamo pubblicato il romanzo *L'Ultimo dei Devastatori* (*Last of the Ravagers*, 2023),

BRYAN SMITH

INDEPENDENT
LEGIONS
WWW.INDEPENDENTLEGIONS.COM

INDEPENDENT L
VIA VIRGI

www.ingramcontent.com/pod-product-compliance
Lightning Source LLC
La Vergne TN
LVHW091224150826
845673LV00003B/1009